코리아 판타지

코리아 판타지

민혜숙 · 노치준 장편소설

파이돈

차례

1

하와이에 떨어진 미사일

"좋습니다. 트럼프 대통령님. 1주일만 시간을 주십시오.
북한에 대한 공격을 1주일만 기다려 주십시오."

"대통령님, 김정은이 또 사고를 쳤습니다."

청와대 비서실장이 급히 대통령 앞으로 나오며 다급한 목소리로 말했다.

"뭐요?"

대통령의 목소리에는 약간 짜증이 배어 나왔다. 요새 잠도 잘 이루지 못할 정도로, 하루를 지나는 일이 매일 위험한 줄타기를 하는 것 같다고 생각하던 참이었다.

"북한의 미사일이 하와이에 떨어졌습니다."

"뭐라고요?"

대통령은 자신의 귀를 의심했다. 설마설마하면서도 제발 이런 일이 생기지 않기를 얼마나 바라고 있었던가. 하나님이 원망스러울 정도였다.

"어디라고 했소?"

"하와이입니다. 정확히 오아후 섬과 몰로카이 섬 사이입니다. 다행히 호놀룰루에서 먼 바다에 떨어졌습니다."

"인명 피해는요?"

미국 국민이 상하기라도 했다면 사태는 걷잡을 수 없게 될 터이다. 순간, 모든 피가 머리로 쏠리는 듯 대통령이 왼손으로 이마를 짚었다. 눈앞이 캄캄하다고 하는 말이 이럴 때 꼭 맞는구나, 대통령의 목소리가 가늘게 떨리고 있었다.

"다행히 인명 피해는 없습니다. 일부러 그랬는지 실수인지 아직 알 수 없지만, 문제는 공해가 아니라 미국 영해에 떨어졌다는 겁니다."

"인명 피해가 없다니 다행이긴 한데…."

"그렇지만 미국의 영토에 떨어졌다는 것이 중요합니다."

대통령은 다시 눈앞이 캄캄해지는 것을 느꼈다. 그동안 피로감으로 인해 시력이 급격하게 나빠지고 있었다. 노안이라고 보기엔 어폐가 있을 정도로 눈이 쓰라린데다가 눈이 부셔서 제대로 뜰 수 없을 정도로 불편했다. 의사는 특별한 병은 없다고 검사 결과를 알려왔지만 불편한 것은 여전했다.

'과로와 스트레스 때문입니다.'

보나마나 이런 답이 돌아올 것이다. 로켓보이라는 김정은은 틈만 나면 미사일 협박을 일삼고, 트럼프는 일부러 그러는지, 해보는 소리인지 연일 선제적 공격이니 군사적 대응이라는 말을 입에 달고 있다. 이런 상황에서 과로와 스트레스를 피할 길이 없으니 어쩌란 말인가. 대통령은 인공 눈물을 한 방울 넣으며 비서실장에게 말했다.

"국가 안전보장회의를 소집하시오."

낮지만 비장한 목소리였다. 국무총리를 비롯해 국정원장, 통일·국방·행정안전부장관, 국무조정실장, 국가안보실장, 대통령 비서실장, 국가안보실 1차장, 외교부 1차관, 국정원 2차장 그리고 급히 호출을 받은 합참의장과 3군참모총장도 그 자리에 참석했다. 사안이 사안인지라 하와이에 미사일이 떨어졌다는 보고를 접한 지 한 시간 만에 이루어진 회의였다.

모두들 헐레벌떡 달려왔지만 막상 회의장에는 무거운 침묵만 흘렀다. 대통령의 요청에 따라 총리, 국정원장, 국방장관, 외교부장관, 통일부장관 등이 몇 마디 했지만 새로운 의견이 없었다. 그 동안 회의에서 수없이 오고 간 말, 또한 걱정하던 그 말이 현실화되고 있음을 망연자실 보고 있을 뿐이었다. 한 시간이 흐렸지만 별다른 대책이 나올 리 없었다. 침통한 가운데 시간만 흘러가고 있었다. 뭔가 빨리 대책을 세워야 한다는 긴박감에서 대통령이 침통한 표정으로 입을 열었다.

"올 것이 온 것 같습니다. 이렇게 되지 않기를 바랐지만 지금으로서는 전쟁을 피할 수 없을 것 같습니다. 만반의 준비를 하세요."

체념한 듯, 그러나 끝까지 가겠다는 결의가 담긴 말투였다.

"알겠습니다. 명령대로 하겠습니다."

합참의장이 단호한 표정으로 대답했다.

대통령의 귀에 명령이라는 말이 생소하게 느껴졌다.

'내가 무슨 명령을 했단 말인가?'

'지금 이 순간 나에게 명령을 할 자격이 있는가? 이 명령에 책임질 능력이 있는가?'

대통령은 청와대에서 매일 바라보던 인왕산 바위보다 더 무거운 역사의 짐이 자신의 어깨를 짓누르고 있는 것처럼 마음도 몸도 무거웠다. 모두들 침통한 표정으로 회의를 마치고 일어서려고 할 때, 대통령이 '잠깐' 하고 불러 세웠다.

"합참의장 입술을 닦으세요."

대통령이 탁자 위의 휴지를 꺼냈다. 모든 시선이 일제히 합참의장을 향했다. 회의 중 합참의장이 얼마나 입술을 꼭 깨물고 있었는지 입술에서 피가 흘러나오고 있었다.

대통령은 비서관들에게 친히 커피를 따라 주던 그 손으로 합참의장에게 휴지를 건네주었다.

모두들 각자의 자리로 돌아가고 대통령은 집무실에 홀로 남았다. 바닥에 무릎이라도 꿇고 기도를 드리고 싶은 심정이었다. 그렇게 해서라도 이 위기를 극복할 수 있다면, 이 나라를 안전하게 지킬 수 있다면 무슨 일인들 마다하겠는가. 그는 눈을 감았다. 눈을 감았지만 귀는 더욱 쫑긋하게 일어서고 신경이 날카롭게 곤두섰다.

텔레비전의 채널을 돌리기가 겁이 날 정도였다. 아닌 게 아니라 CNN을 비롯한 전 세계의 언론이 들끓기 시작했다. 기자들은 불에 덴 강아지처럼 이리저리 뛰어 다니면서 길거리에서 마주치는 사람들에게 마이크를 들이대고 무슨 말인가 하고 있었다.

'제2의 진주만 폭격'
'결국 핵전쟁은 일어나고야 마는가.'
'제3차 세계대전의 음울한 징조'
'지도에서 사라질 서울과 평양!'
'한강의 기적! 한강의 재난!'
'도쿄와 베이징은 과연 안전한가?'

머리 좋고 선정적인 글쓰기에 이력이 난 기자들의 펜 끝이 거칠게 신문의 1면을 장식하고 있었다. 서울, 워싱턴, 도쿄, 베이징을 연결하는 방송 기자들의 목소리는 곧 숨이 넘어갈 지경이었다. 미국 국무장관은 말할 것도 없고, TV에 등장한 '왕이' 중국 외교부장의 얼굴 역시 긴장과 당혹감을 여과 없이 드러내고 있었다. 성주에 배치된 사드 문제를 말할 때 험하게 인상을 썼던 일 외에는 늘 포커페이스를 보여준 왕이 장관이지만 이번만은 예외였다. 그의 얼굴은 당혹감으로 굳어져 있었다.

영국, 프랑스, 독일, 러시아 등 유럽의 언론들은 마치 한반도 전쟁이 기정사실화된 것처럼 윤전기가 달구어지도록 위기를 알리는 보도를 쏟아냈다. 쉬지 않고 전파를 내보내는 방송국 스튜디오는 불이 날 지경으로 과열되었다.

외국만이 아니었다. 그동안 연일 전쟁의 가능성과 위험을 말하던 외신 보도에 무반응으로 일관했던 한국 국민들이 서서히 동요하기 시작했다. 외신 기자들은 김정은의 미사일 게임도 그렇지만 그 위험한 사건을 아무리 보도해도 꿈쩍도 않는 한국 국민들의 반응에 오히려 경악하고 있었다. 하지만 그들은 모른다. 한국 국민들은 '피는 물보다 진하다'며 김정은이 남한에 미사일을 쏘지 않을 것이라는 근거 없는 맹신으로 평안을 가장하고 있었다는 것을. 그리고 죽으면 죽으리라는 체념이 평온한 일상을 유지하는 원동력이라는 것을.

전 국민이 술렁이는 분위기였고 정치에 무관심하다는 청년들조차도 인터넷을 통해 두려움, 근심, 원망, 분노, 절망의 감정을 쏟아냈다.

'흙 수저로 태어나 이것도 저것도 되는 일이 없어 어차피 죽으려고 마음먹었는데 잘 됐다. 같이 죽자'는 글이 SNS를 휩쓸고 다녔다.

이상한 것은 조선중앙통신과 조선중앙방송이 이례적으로 조용하다는 점이었다. 북한 미사일과 핵실험에 관련된 중요한 사건이 있을 때마다 특이하고 강한 목소리로 북한 당국의 입장을 전하던 리춘희 아나운서의 모습이 보이지 않았다. 리춘희 아나운서는 9시 뉴스의 단골 출연자여서 대한민국 국민들에게도 낯설지 않았다. 한복을 입은 모양, 고전적인 통통한 얼굴과 웅변학원에서 연습한 듯, 격앙된 어조가 남한 사람들에게는 오히려 코미디처럼 여겨졌던 것이다. 북한의 표현대로라면 '감정의 침투력이 좋은' 아나운서였다. 30년 가까이 뉴스를 전했다는 리춘희 아나운서가 '경애하는 김정은 동지께서 미제 원수들에게 경고하시었다.' 이렇게 시작하는 대사를 할 법도 한데 이상하게도 잠잠했다.

북한 언론이 조용한 것에 대해 호사가들은 별별 추측 기사들을 만들어냈다.

'하와이에 떨어진 미사일은 실수였다.'

'북한의 지휘계통에 문제가 생겼다.'

'미사일 발사의 각도를 잘못 계산했다.'

'김정은이 벼랑 끝에서 발을 헛디뎠다.'

'김정은의 신변에 변고가 생긴 듯하다.'

휴전선 남한 측 확성기에서 흘러나온 '북한 미사일 하와이 공격'의 소식에 판문점을 지키는 북한 군인들은 얼이 빠졌다. 그 모습을 바라보는 남한 군인들 역시 긴장하기는 마찬가지였다. 계절은 분명 봄이건만 판문점은 아직 겨울이었다. 실제 날씨도 추웠지만 팽팽한 긴장감이 양측 군인들 모두를 얼어붙게 만들고 있었다.

겨울의 모든 흔적을 싹 지워버린다고 해서 잔인한 4월이라고 하지만 판문점은 아직도 겨울이었다. 겨울의 흔적이 남아 있어서라기보다는 모든 국민들이 소망하던 한반도 평화의 꿈이 이제 흔적도 없이 사라질 지경이었다. 물론 판문점 근처 철책에서 근무하는 군인들은 5월이 한참 지나야 비로소 추위에서 해방될 수 있었다.

"대통령님, 미국 대통령의 전화입니다."

'올 것이 왔구나.'

대통령이 전화기를 들었다. 그 손이 바르르 떨렸다.

이승만, 박정희, 김대중, 노무현 대통령의 얼굴이 한꺼번에 눈앞을 스쳐갔다.

'그 분들이 이 자리에 계셨다면 뭐라고 말할까?'

그런 생각도 잠시, 덩치에 비해서 가벼운 미국 대통령의 목소리가 귓전에 울렸다.

"나 트럼프 대통령입니다. 우리 항공모함 로널드 레이건 함과 니미츠 함 그리고 칼빈슨 함이 한반도를 향해 전속력으로 달려가고 있습니다. 그리고 다른 지역에 있는 항공모함도 한반도를 향해 움직이고 있습니다."

그는 의례적인 인사도 생략한 채 막 바로 본론으로 들어가고 있었다.

"네, 알겠습니다."

대통령은 이렇게 대답을 하면서도 도대체 무엇을 알았다는 말인지 스스로 의구심이 들었다. 저쪽에서는 단지 당신이 하는 말을 알아들었다는 정도로 이해해 줄까? 모든 항공모함들이 이리로 달려오고 있는 중이란다. 뭐라고 대답해야 하나. 그동안 선제공격만은 참아달라고 비굴할 정도로 사정한 게 몇 번이었나. 트럼프 대통령은 그 때마다 경제적 실리를 하나씩 챙기면서 봐준다는 듯이 조건을 달지 않았던가.

"작년 8월 22일에 한국에 갔던 미사일 방어청장, 미국 전략 사령관, 태평양사령관, 한미 연합사령관에게도 준비를 하라고 지시했습니다. 한국에 있는 미군은 중대 단위로 흩어져서 작전을 수행할 것입니다. 괌의 미군 역시 일본의 여러 섬에 부대별로 나누어서 배치했습니다."

트럼프 대통령은 마치 전쟁을 기다리기라도 한 듯 빠르게 말을 이었다.

"네, 준비는 해야지요."

"일본은 섬이 많아서 참 좋습니다. 김정은이 핵미사일을 날리더라도 미사일 한 발에 부대 단위 이상의 피해는 없을 것입니다. 한국에 있는 미국인들은 모두 평택기지나 청주공항 혹은 부산으로 집결하라고 명령했습니다. 이번 작전에 대해 의회의 지지를 받는 것은 문제도 아닙니다. 대통령께서도 한미 연합사령관과 의논하셔서 준비해 주시면 좋겠습니다."

트럼프 대통령은 그 특유의 목소리로 자신의 트위터에 글을 올리듯이 자기 말만 쏟아냈다. 의논이 아니라 통고였다. 하긴 자기네 영토 안에 미사일이 떨어졌는데, 이것보다 더 좋은 공격의 구실을 어디서 찾을 수 있으랴.

통역을 하는 대통령 전담 통역사의 얼굴이 벌겋게 달아올랐다. 세계에서 한국어와 영어를 동시에 가장 잘 구사한다는 통역사의 발음이 긴장감으로 떨리고 있었다. 대통령이 무슨 말을 먼저 할까 잠시 생각하는 사이에 성질 급한 트럼프 대통령의 "자, 이만 끊겠습니다."라는 소리가 크게 들려왔다.

"Wait moment please! Sir, president Trump!"

다급한 마음에 대통령은 자기도 모르게 영어로 트럼프 대통령을 불렀다.

"아, 무슨 할 말이 있으십니까?"

트럼프 대통령은 단호하면서도 퉁명스럽게 대답했다.

"그래도 한반도에서 전쟁이 일어나는 것은 안 됩니다. 얼마나 많은 사람들이 희생되겠습니까? 남·북한 모두 지구상에서 이름조차 없어질 수도 있습니다. 일본이라고 해서 별 일이 없겠습니까? 도쿄로 미사일이 날아가면 어떻게 하시렵니까? 또 중국이 가만히 있겠습니까? 한반도의 전쟁은 미국과 세계 경제를 흔들어 놓을 것입니다. 모처럼 호황기를 맞고 있는 미국경제도 다시 흔들릴 수 있습니다."

대통령은 전쟁 불가론을 다급하게 주장했다. 사실 대통령은 눈에 보이지 않는 트럼프가 아니라 하늘에 대고 말하는 심정이었다.

그 말이 채 끝나기도 전에 트럼프 대통령의 말이 거칠게 이어졌다. 워싱턴에서 말하는 트럼프 대통령의 거칠고 단호한 목소리가 미 대륙을 지나고 태평양을 건너, 그리고 일본과 동해바다를 지나고 태백산맥을 넘어 한강의 물줄기를 따라서 청와대의 전화기를 통해 들려왔다.

"한국 대통령께서 하시는 말씀은 나도 잘 알고 있습니다. 나역시 이런 불행한 일이 일어나기를 원하지 않습니다. 시진핑, 저친구 괜찮은 사람인줄 알았는데 머리가 영 안 돌아가요. 북한으로 가는 송유관 밸브를 막으라고 그렇게 여러 번 이야기 했건만 도통 말을 듣지 않아요. 그러니 김정은 같은 애송이가 시진핑을 믿고 저렇게 제멋대로 날뛰는 것 아닙니까? 나, 이번에는 참을 수가 없어요. 1941년 진주만을 공격했던 일본은 두 말할 것도 없이 엄청난 대가를 치렀지요. 지난 2001년 9·11 테러때도 미군은 바로 아프간으로 달려가서 2개월 만에 그 나라를 점령해버렸습니다. 테러를 지휘했던 오사마 빈 라덴, 그를 지옥까지라도 따라가서 복수하는 것이 우리의 정신입니다. 지구상의 어떤 나라도 미국 본토를 공격하면 그냥 둘 수 없습니다. 절대 있을 수 없는 일입니다. 중국도 한국 전쟁 당시 뜨거운 맛을 보았기 때문에 이번에 함부로 나서기 어려울 것입니다. 또 나서라면 나서라지요. 이번에는 내가 그냥 두지 않을 겁니다."

"대통령님, 미국과 대통령님의 입장은 잘 이해합니다. 그러나 전쟁이 아니라도 정신을 바싹 차리게 혼을 내줄 방법이 있을 것입니다. 그것을 함께 찾아보았으면 합니다. 대국의 대통령께서 역사를 생각하시고 인류의 문명을 생각하셔야지요. 저런 젊은 애하고 상대하시면 안 됩니다."

대통령은 입안이 타들어가는 듯 혀로 입술을 축였다.

"마침 한국 대통령께서 좋은 말씀을 하십니다. 내가 김정은을 손보려고 하는 것은 대통령께서 말씀하신 것처럼 역사를 생각하고 인류 문명을 생각해서입니다. 지난 1994년에 영변을 폭파했어야 하는 건데, 김영삼 대통령이 하도 말리는 바람에 기회를 놓쳤습니다. 그 때 클린턴 대통령이 확실하게 눌러 놓았으면 지금 이런 꼴은 당하지 않았을 겁니다."

트럼프 대통령은 코맹맹이 소리를 내면서 지난 일이 몹시 분하다는 듯이 씩씩거렸다. 하긴 1994년에 영변 핵시설을 폭파해 버렸다면 오늘날 북한의 핵무기 때문에 온 국민이 마음을 졸이는 일이 없었을까? 그렇다면 호미로 막을 것을 가래로 막는 일이 되었단 말인가?

"그 때에도 전쟁이 일어날까봐 참은 것 아닙니까? 전면전이 일어나면 이 작은 나라가 어떻게 되겠습니까? 다시 한 번 고려해주십시오."

일단은 전쟁만은 막아야 된다는 절박감이 대통령의 머리를 옥죄었다.

"나는 클린턴처럼 유약한 사람이 아닙니다. 그 때 영변 핵시설을 파괴했더라도 별 일은 없었을 겁니다. 왜냐? 북한이 아직 핵무기를 가지지 못했으니까. 클린턴이나 오바마나 결국 대화로 해결하자, 관용을 베풀자 하면서 오히려 국제 질서를 혼란하게 한 면이 있습니다. 나는 다릅니다. 미국을 자꾸 건드리면 어떻게 되는지 확실하게 보여주려고 합니다. 잘 들으시오. 유리한 고지에 섰을 때 공격을 하지 않으면 불리한 처지에서 수비를 해야 한다는 사실을 명심하시오."

거침없이 폭포처럼 쏟아지는 트럼프 대통령의 말에 대통령은 식은땀을 흘렸다. 그러나 이대로 방관할 수는 없다. 어떻게 해서라도 트럼프 대통령을 말려야 한다.

"항공모함들이 한국으로 오고 있는 중이니 우선 도착하고 나서 상황을 살펴주시기 바랍니다. 이번 작전으로 한국은 말할 것도 없고 일본이나 중국도 어떻게 나올지 모르지 않습니까? 조금만 속도를 늦춰주시지요."

대통령의 읍소가 통했는지 트럼프 대통령의 음성이 상당히 누그러졌다.

"물론 이번 작전으로 한국이 적지 않은 피해를 입을 것을 잘 압니다. 미국도 무슨 일을 당할지 솔직히 잘 모르겠습니다. 그러나 큰 희생은 있겠지만 이번 작전으로 인류 역사와 문명이 붕괴되지는 않을 겁니다. 나는 이 전쟁을 5일 만에 끝장 낼 것입니다. 6일 만에 전쟁을 끝냈다는 이스라엘의 모세 다이안 장군이 무덤에서 부끄러워 얼굴을 가리겠지요. 다만 지금 이 기회를 놓치면 대통령께서 말씀하신대로 오히려 역사와 문명이 종말을 고할 수 있습니다. 저 김정은이 수소 폭탄이라도 만들어 터트리면…, 아, 생각만 해도 끔찍합니다. 자기 백성들 밥도 먹이지 못하는 주제에 수소폭탄과 ICBM을 만들다니 기가 찰 노릇이지요. 참으로 위험한 사회Riske Gesellschaft, 위험한 문명입니다. 나는 인류의 역사와 문명의 단절을 막기 위해서 이 작전을 명령한 것입니다."

옆에서 듣고 있던 비서관이 작은 소리로 중얼거렸다.

'인류의 역사와 문명을 위해서가 아니라 중국을 견제하고 미국 군산복합체의 무기생산과 무기판매를 위해서 이번 전쟁을 일으키려는 것 아닙니까?'

대통령께서는 얼굴의 식은땀을 닦으며 말했다.

"무슨 말씀을 하셔도 나는 이번 전쟁에 찬성할 수 없습니다. 대한민국과 우리 국민들의 희생이 너무 큽니다. 김정은이야 밉지만 희생당할 북한 국민들은 어떻게 하구요!"

"대통령께서 훌륭한 인격자라는 소식을 들었습니다. 훌륭한 목사님이나 교수님이 되셨으면 좋을 뻔 했습니다. 그러나 정치는 인격으로 하는 것이 아닙니다."

대통령은 말없이 침을 꿀꺽 삼켰다. 아직 더운 계절이 아닌데 대통령의 얼굴이 벌겋게 달아올랐다.

"대통령은 나라와 국민의 생명에 책임을 져야지요! 한국군이 가만히 있으면 김정은이 남한을 향해 미사일을 발사하지 않는답니까? 그거 안일한 착각 아닙니까? 대통령께서 원하신다면 한국군은 가만히 있든지 마음대로 하십시오! 자, 이만 끊겠습니다."

수화기를 힘없이 들고 있는 대통령의 얼굴에는 분노와 수치, 슬픔과 고통, 눈물과 절망 등 인간의 얼굴에 나타날 수 있는 모든 부정적인 감정들이 다 나타났다. 전화기를 내려놓으려는 순간, 대통령은 정색을 하며 다급히 말을 이었다.

"좋습니다. 트럼프 대통령님, 1주일만 시간을 주십시오. 북한에 대한 공격을 1주일만 기다려 주십시오. 그동안 나도 준비할 것이 있습니다. 그 다음엔 계획대로 하십시오."

"딱 1주일이요? 준비할 것이 있다구요?"

반문한 트럼프 대통령은 잠시 침묵하다가 대답했다.

"좋습니다. 딱 1주일입니다. 1주일 후에는 미국의 뜻대로 할 겁니다."

2

서울 탈출

"문경새재는 험한 곳이라 사태를 피하기에
유리할 것 같습니다.
거기에서 제 2정부를 구성하십시오."

평양 김정은 위원장 집무실도 벌집을 쑤신 듯 소란하기는 마
찬가지였다.

"이것이 어떻게 된 일이오? 우리 핵미사일이 하와이에 떨어
졌다니?"

김정은 북한 국무위원장이 소리를 쳤다. 소리만 들어도 소름
이 끼치는 공포의 목소리였다.

"누구 명령으로 미사일이 하와이까지 날아갔단 말이오?"

모두 침묵하는 가운데 지난해 숙청되었다가 다시 복권된 인

민군 총정치국장 황병서가 온몸을 부들부들 떨면서 조심스럽게 입을 열었다.

"위원장 동지께서 명령하신 것으로 알고 있습니다만…."

"그건 무슨 소리요? 내가 언제 그런 명령을 내렸단 말이오!"

마치 머리 위에서 벼락이 치는 것처럼 정치국장의 수그린 고개가 더욱 깊게 수그러들었다.

"일전에 위원장 동지께서 미국 놈들을 크게 한 번 때리라고 여러 번 말씀하시지 않으셨습니까?"

정치국장이 더듬거리며 자초지종을 설명했다.

"그랬지요."

"그 말씀대로 크게 한 번 때린 것이 하와이까지 갔습네다."

"하, 기가 막혀. 내가 크게 한 번 때리라는 것은 하와이 앞 공해에다 때리라는 것이지, 하와이 섬 사이 미국 영토에다 때리면 어떻게 합니까? 그리고 미사일을 날리기 전에 나에게 목표점을 표시한 지도를 보여 주었어야 할 것 아니오?"

김정은 위원장이 어이없다는 듯, 그러나 약간 누그러진 목소리로 말했다. 일단 벼락은 피할 것 같은 희망이 보여서인지 시립侍立해 있던 간부들은 한숨을 내쉬었다.

"위원장 동지. 말씀드리기 송구하오나 제2자연과학원 원장 동지가 지도를 보여 드렸습니다. 지도를 보신 후 고개를 끄덕이시고 명령을 내리셨습니다. 친필로 손도장까지 찍으셨는데…."

정치국장이 두 손을 모으고 고개를 숙인 채 읊조리듯 낮게 말했다.

"그건 또 무슨 소리요? 누가 마음대로 목표지점을 정해서 일을 복잡하게 만드나 말이야. 자연과학원장 저 멍청한 놈을 당장 처형시키시오."

잦아들 듯하던 김정은 위원장의 목소리가 다시 높아지자 정치국장의 어깨가 움찔했다.

그 때, 김영남 최고인민회의 상임위원장의 머리에 번쩍 떠오르는 기억이 있었다. 미사일 공격 명령을 내리면서 지도를 펼칠 때 김정은 위원장이 깜박 조는 듯 했다. 왜 이런 일이 생겼는지 직감한 김영남은 노회한 원로답게 급한 불을 꺼야겠다는 생각에서 입을 열었다.

"위원장 동지, 아무래도 전달 과정에서 무슨 실수가 있었던 것 같습네다. 과학원장이 죽을 죄를 저질렀지만 미사일 다루는 데는 최고 아닙네까? 써먹을 때가 있을 테니 일단 감옥에 넣어두시지요."

써먹을 때가 있을 것이라는 말에 김정은의 마음이 살짝 누그러졌다.

"알았소. 과학원장을 소좌로 강등시키시오."

김정은 위원장 자신도 혼란스러웠다. 자신의 명령 없이 미사일을 발사할 리가 없는데, 어디선가 잘못된 것 같았다.

김정은 위원장에게 하와이 공격 소식은 이미 엎질러진 물, 다시 돌이킬 수 없는 상황이다. 그는 즉시 확대 당정치국 회의를 열고 군부 책임자들을 소집했다.

"미국 놈들이 저렇게 떼로 밀려오고 있는데 어떻게 해야 할지 의견을 말해보시오."

김정은이 서두를 생략한 채 단도직입적으로 본론에 들어갔다. 회의장에는 거북한 침묵이 흘렀다.

"로널드 레이건 함과 니미츠 함 그리고 칼빈슨 함을 비롯해 미군의 함정들이 이리로 몰려오고 있다는데, 얼른 대책을 말해보시오."

그렇게 재촉을 했지만 김정은 자신도 마땅한 대책이 있을까 회의적이었다.

"중국 시진핑 주석과 의논을 하시는 것이 상책일 것 같습니다. 그리고 러시아 푸틴 대통령과도 상의를 하시지요."

누구나 생각할 수 있는 당연한 제의에 김정은은 고개를 끄덕였다. 시간은 흘러가는데 마땅한 대책이 나오지 않았다.

"혹시 남한 대통령과 연락을 해보시는 게 어떻겠습니까? 그들도 전쟁이 일어나면 피차 피해가 막심하다는 사실을 잘 알고 있지 않을까요?"

어색한 침묵이 흐른 후에 위원 중 한 사람이 조심스럽게 말을 꺼냈다.

그러자 김정은이 버럭 소리를 질렀다.

"남한 대통령이 이 일을 막아줄지 어떻게 아오? 또 그럴 힘이나 있소? 그 사람도 대통령 되기 전과 사람이 달라진 것 같아. 미국 놈들하고 점점 가까워지는 것 같단 말이야. 중국이 저렇게 반대를 해도 사드를 기어이 배치하지 않았소? 남한 놈들은 모두 다 미국 놈 꼭두각시야. 믿을 수가 없어."

그 말을 들은 김영남은 속으로 혀를 찼다.

'그러니까 남한 대통령이 잘 해보자고 애써 손을 내밀 때 위원장께서 좀 밀어 주셨으면 이런 꼴은 안 당했을 것 아니오.'

그러나 김영남은 '이 위중한 시간에 무슨 말을 할 수 있으랴' 생각하면서 끝까지 입을 꼭 다물었다.

그 시간, 대한민국 서울 청와대도 분주하게 돌아가고 있었다. 대통령은 국가안전보장회의를 소집했다. 북한이 미국의 영토에 미사일을 쏘았으니 미국 트럼프 대통령이 어떻게 나올지는 불을 보듯 뻔한 일이었다. 간신히 1주일의 유예기간을 얻었지만 이 짧은 시간 안에 어떤 일부터 해야 할까 머리가 복잡했다. 국무위원과 비서관, 합참의장 3군참모총장 등 관계자들은 모두 굳은 표정으로 회의에 참석했다.

"여러분도 아시다시피 북한이 하와이 영해에 미사일을 발사했습니다. 따라서 미국과 북한의 전쟁은 피할 수 없게 되었습니다. 지금 미국의 전 병력이 한반도를 향해서 오고 있습니다. 우리도 미국과 함께 싸워야 합니다. 그건 기정사실입니다."

대통령은 잠시 말을 끊었다.

"오늘 트럼프 대통령과 통화를 했습니다. 힘들게 설득해서 북한을 공격하기까지 1주일의 시간을 얻었습니다. 이 1주일 동안 무엇을 어떻게 할지 의견을 내 보세요."

어색한 침묵이 흘렀다. 전쟁이 코앞에 닥쳤다는 사실이 실감이 나는 듯 회의장의 분위기는 엄숙했다.

"북한 측 입장을 직접 타진해 보는 것이 좋겠습니다."

"전 공무원에게 비상 근무령을 내려야 합니다."

"금융의 안정을 위해서 필요한 조치를 해야 합니다."

"일단 모든 학교는 휴교를 해야 합니다."

"중국과 러시아 그리고 일본의 정확한 입장을 해당 대사관을 통해 속히 알아봅시다."

"국내에 있는 외국 대사관에도 연락해서 대피를 하든지 철수를 하든지 결정해야 합니다."

"방송과 언론사에도 즉각 필요한 조치를 취해야 합니다."

각 분야의 담당자들이 자신들이 해야 할 일을 기계적으로 쏟아냈다. 각 분야별로 매뉴얼이 있으니 그대로 움직이면 되겠지만 진짜 문제는 그것이 아니라는 것을 모두 다 알고 있었다. 6·25전쟁 후 70여 년 세월이 지나는 동안 다행히 이 땅에 전쟁이 없었는데, 막상 전쟁이 닥쳐오고 보니 준비해야 할 일이 한두 가지가 아니었다. 결국 큰 문제는 접어두고 정부 각 부처에서 해야 할 세목만을 논의했다.

모두들 본질적인 문제는 회피하고 지엽적인 일에 매달리고 있다는 것을 모르지 않았으나 뾰족한 대책 없이 함부로 입을 열 수도 없는 처지였다. 한참 망설인 후에 대통령보다 나이도 많고 인생의 경륜이 깊은 총리가 천천히 말을 꺼냈다.

"대통령님, 민망한 말이지만 핵무기가 떨어지면 이 자리에 있는 우리 모두 다 죽을 수도 있습니다. 그리고 6·25전쟁 후 대한민국이 땀 흘려 쌓아온 모든 것이 일시에 파괴될 지도 모릅니다. 모든 것을 다 잃어버릴 수 있다는 것을 전제로 생각해 보면 좋겠습니다. 어렵고 힘든 상황에 부딪칠수록 문제를 단순화시켜야 합니다. 다른 모든 것을 다 포기하고 가장 중요한 것 한 가지에만 집중해야 합니다."

'가장 중요한 한 가지'라는 말에 모두의 관심이 집중되었다.

"그렇다면 모든 것을 다 잃어버린다 해도 우리가 마지막까지 지키고 남겨 두어야 할 것이 무엇인지 총리께서 말해보십시오."

대통령이 안타까운 눈빛으로 총리를 바라보았다.

"당연히 대한민국의 역사와 우리 국민들의 생명입니다. 모든 생명이 귀하지만 그렇다고 우리 모두가 살 수 없다면 어차피 선택을 해야 합니다. 특별히 40대 이하 젊은 세대의 생명을 살리는 일에 집중하자는 것이 제 의견입니다. 이들이 살아남아서 우리 국민들의 생명이 보존되는 한, 대한민국의 역사는 계속될 것입니다. 우리가 쌓아온 모든 것들이 다 파괴되어 잿더미가 된다 해도 그들이 대한민국을 다시 일으켜 세울 것입니다. 앞으로 남은 1주일 동안 우리 국민들의 생명을 지키는 일에 최선을 다해야 합니다. 물론 일부 국민들의 생명이 희생된다 해도 그 피해를 최소화해야 합니다."

연륜이 있는 총리가 결연하게 말을 마쳤다. 좌중의 분위기가 숙연해졌다. 노블리스 오블리제를 굳이 거론하지 않더라도 여기에 있는 사람들은 목숨을 내놓을 각오를 하고 있었다.

"그렇다면 북한의 핵폭탄과 미사일이 날아올 때, 국민의 생명을 지키는 방법이 무엇인지 말해보시지요."

대통령은 하늘의 음성이라도 들은 듯 눈을 크게 뜨며 물었다.

"모든 서울 시민들이 서울을 탈출하는 것입니다. 더 나가서 2,500만 수도권 시민이 수도권을 탈출하는 것입니다. 그러면 휴전선에 배치된 장사정포에 희생되는 사람은 많지 않을 것입니다."

서울 탈출이라는 말이 대통령의 귀에 폭탄처럼 크게 들렸다.

"북한 핵폭탄과 미사일은 어떻게 하구요. 또 생화학 무기도

쓸지 모르지 않습니까? 서울을 벗어난들 뾰족한 수가 있습니까?"

대통령이 의구심이 가득한 눈빛으로 총리를 바라보며 물었다.

"서울과 수도권을 탈출하는 것과 마찬가지로 부산, 대구, 광주, 대전, 울산 등 광역시의 시민들은 일단 대도시를 탈출해야 합니다. 아무래도 대도시가 공격목표가 되지 않겠습니까? 다른 중요 도시의 국민들도 가능한 한 도심지를 벗어나 한적한 곳으로 흩어져야 합니다."

모두들 총리의 입만 바라보고 있었다.

"도시에 뭉쳐 있지 말고 산발적으로 흩어지면 피해를 최소화할 수 있습니다. 다시 말해서 농촌으로 산촌으로 바닷가로 가야 합니다."

"그렇습니다. 북한이 핵폭탄과 미사일을 어디에 쏘아야 할지 알 수 없도록 만들어야 합니다."

총리가 물꼬를 트자 여기저기서 의견이 올라왔다.

"좋습니다. 그렇게 합시다. 행정안전부장관과 국방장관께서는 서울 탈출의 구체적인 방안을 만들어서 바로 보고하십시오."

서울 탈출이라는 말이 주효했음인지 방법을 논의하기 위해 장관과 실무자들이 부산하게 움직였다. 대통령은 계엄령을 선포한 후 서울을 비롯한 대도시의 대형 마트, 백화점, 식료품점, 주유소 등에 경찰과 군 병력을 배치하여 무질서한 일을 방지하도록 했다.

장관과 실무자들이 하루 만에 가져온 서울 탈출 보고서를 받은 대통령은 각 언론사의 생중계로 포고령을 발표하기에 이르렀다. 국민들은 텔레비전 앞에서 숨을 죽이고 터미널과 기차역마다 사람들이 모여서 대통령의 말 한 마디 한 마디에 정신을 집중하고 있었다.

"친애하는 국민 여러분! 저는 대한민국의 대통령으로서 심히 침통한 마음으로 이 자리에 섰습니다. 북한이 발사한 미사일이 하와이 미국의 영해에 떨어졌습니다. 이 일로 인해 전쟁이 불가피할 것으로 보입니다. 지금 미국의 항공모함 함대가 한반도를 향해 전속력으로 달려오고 있습니다. 유감스럽게도 한반도의 운명에 대한 결정권이 우리 자신의 손에서 빠져 나갔습니다. 전쟁이 일어나지 않도록 우리 정부가 할 수 있는 모든 노력을 다 기울이겠습니다.

그러나 국민 여러분들에게 어떤 약속도 할 수 없음을 죄송하게 생각합니다. 그러므로 우리는 최악의 상황에 대비할 수밖에 없습니다. 북한에서 날아오는 장사정포와 미사일, 더 나아가서 그 수량이 얼마인지 정확하게 알 수 없는 핵폭탄의 가능성도 배제할 수 없습니다. 따라서 우리 국민들의 피해를 최소화하기 위해서 포고령을 내립니다.

지금 즉시 서울과 수도권 도시에 있는 모든 국민들은 천안 이하의 지역으로 내려가십시오. 그리하여 북한의 장사정포의 사정 범위에서 벗어나시기 바랍니다. 가능한 한, 도시 지역으로 들어가지 마시고 북쪽이 산으로 막힌 지역의 산골이나 강변, 바닷가 등으로 가서 몸을 보존하십시오. 집안에 있는 모든 생필품을 가지고 가십시오. 마트에서 파는 생필품은 1인당 5만 원어치만 살 수 있습니다. 만약 전쟁이 일어나더라도 1주일이면 끝날 것이니 사재기를 할 필요도 없습니다.

사랑하는 국민 여러분! 하늘이 무너져도 솟아날 구멍이 있다고 했습니다. 만일 핵폭탄이 떨어져도 살길이 있을 것입니다. 저는 이 곳 서울에 머물면서 대한민국의 국민과 운명을 같이 하겠습니다. 핵폭탄이 청와대에 떨어지면 이 땅에서 여러분의 얼굴을 다시 볼 수 없을 것입니다. 그러나 우리 국민들은 살아남아서 이 나라의 역사를 다시 쓸 것이고, 더 부강하고 좋은 나라를 세울 것입니다. 저는 저 하늘나라에 가서도 이 나라에 평화가 임하기를, 다시는 오늘과 같은 전쟁이 일어나지 않도록 기도하겠습니다.

국민 여러분! 어떻게 하든 1주일만 잘 견디십시오."

대통령의 목소리가 떨리기 시작하더니 포고령의 끝에 가서는 끝내 그 큰 눈에 그렁그렁 매달린 눈물을 보였다. 포고령이 아니라 유서를 읽는 것 같았다.

대통령은 국무위원들과 중앙부처의 정부 고위직 실무 공무원들을 모두 불러 들였다. 200여 명의 고위공직자들이 모이자 청와대의 홀이 그득했다. 대통령은 그들을 각 부서별로 그리고 연령별로 둘로 나누었다.

"60세 이상은 저와 함께 서울에 남습니다. 나이가 젊은 그룹은 국무총리의 지휘 아래 새재를 넘어 문경으로 가십시오."

잠시 장내가 술렁거렸다.

"문경새재는 험한 곳이라 사태를 피하기에 유리할 것 같습니다. 거기에서 제 2정부를 구성하십시오. 대통령 유고시 바로 정부의 기능을 수행할 수 있어야 합니다."

무거운 침묵이 흘렀다. 남는 사람도, 떠나는 사람도 숙연하게 이제 운명을 마주할 시간이 되었다는 것을 직감하고 있었다.

"분산 정책의 일환입니다. 국회는 전라북도 남원의 지리산 자락으로 가십시오. 그리고 대법원은 경상남도의 남해로 이동하십시오."

서울과 수도권 시민들은 경악했다. 대통령이 남아 있겠다니 미안하고도 감사했다. 가정별로, 회사별로 떠날 준비가 진행되었다. 직장인들은 업무 관련 자료들을 여러 개 백업하여 나누어

보관하고 책임자는 컴퓨터 메모리 부분을 떼어서 가방에 넣었다. 학생들은 모두 귀가하였고 가정주부들은 피난 짐을 싸느라 분주했다. 5일이 남았는데 그 정도면 서울 철수가 차질 없이 진행될 것 같았다. 마트에는 많은 사람들이 생필품을 구하기 위하여 줄을 섰지만 1인당 5만 원 한도 내에서만 구입할 수 있었다.

경찰과 군 병력이 배치된 가운데 시민들은 1인당 5만 원어치씩 필요한 물품을 질서 있게 구입했다. 주로 생수와 라면, 햇반과 쌀, 휴대용 가스 그리고 과자, 어린아이가 있는 집은 기저귀와 분유가 주를 이루었다. 주유소에서도 자동차 기름 탱크에만 휘발유를 가득 넣어줄 뿐, 별도의 통에 따로 팔지는 않았다. 한국인들은 때로 매우 무질서하고 감정적인 것 같아도 큰 일이 닥치면 오히려 침착해지고 단결하는 습성이 있다. 평소에 불평을 달고 살던 사람들도 더 이상 불평하지 않았다. 정해준 대로 순순하게 따르고 있었다. 덕분에 동요나 소란행위는 일어나지 않았다. 말을 아끼고 왕래가 뜸했던 가족 간에도 서로 연락을 하면서 혹시 모를 마지막을 준비하는 사람들도 있었다.

다들 자동차에 기름을 가득 채웠다. 아직 모든 시스템이 정상적으로 작동하기 때문에 가능한 일이었다. 드디어 서울 탈출이 시작되었다. 남북을 잇는 길들은 거의 일방통행로나 다름없었다. 그 많은 길에 자동차가 가득했다. 하늘에서 본다면 줄을 이루고 기어가는 개미떼처럼 보일 것이다. 시민들이 타고 나온 차들이 서서히 남쪽으로 움직였다. 서울과 수도권에 놓여진 32개의 한강 다리 위로 자동차들이 천천히 지나가고 있었다.

한강의 서쪽에서부터 동쪽까지 많은 다리들이 건재했다. 일산대교, 김포대교, 신행주대교, 방화대교, 마곡철교, 가양대교, 성산대교, 양화대교, 당산철교, 서강대교, 마포대교, 원효대교, 한강철교, 노량대교, 한강대교, 동작대교, 반포대교, 잠수교, 한남대교, 동호대교, 성수대교, 영동대교, 청담대교, 잠실대교, 잠실철교, 올림픽대교, 천호대교, 광진교, 암사대교, 강동대교, 미사대교, 팔당대교. 그 위로 자동차들이 물 흐르듯 흘러 내려가고 있었다.

1950년 6·25전쟁 때는 한강철교와 그 옆의 인도교가 끊어지자 남쪽으로 내려갈 길이 막히고 말았다. 그 때 피난 보따리를 이고 진 시민들이 살 길을 찾아 목숨을 걸고 강을 건넜던 것에 비하면 지금은 괄목할 만한 발전이었다.

자동차가 없는 사람은 수원까지 쉼 없이 운행되는 전동열차를 타고 서울을 탈출할 수 있었다. 천안까지 전철이 무료로 운행되고 있으니 어쨌든 누구나 천안까지는 갈 방도가 있었다. 게다가 전국으로 연결되는 고속버스를 타고 많은 시민들이 서울을 빠져 나갔다. 서울시의 300만대 자동차와 경기도의 500만대의 자동차가 32개의 다리를 건너 긴 행렬을 지으며 남쪽으로 향했다.

서울 사람 중 시골 출신 아닌 사람이 별로 없듯이 각자 돌아 갈 고향이 있는 것은 다행이었다. 또 친척이나 아는 사람이 있는 시골로 향하는 자동차들이 길을 가득 메우고 있으니 피난을 가는 것이 아니라 명절을 맞아 고향에 가는 느낌이 들 정도였다. 자동차 안에 가득 실은 생수며 라면, 비상식량과 이불까지, 짐이 그득하니 선물을 가득 싣고 고향에 가는 것 같은 착각이 생길 만도 했다. 필요한 돈과 혹시 모를 일을 대비해 금반지며 값이 나가는 패물들, 그리고 아끼는 물건 몇 개씩만 챙겼는데도 차 안이 비좁았다. 살아서 돌아오면 다행이고 죽으면 천국 가자, 이런 각오로 집을 나설 때 누군들 눈물이 핑 돌지 않았을까. 어떻게 마련한 아파트인데, 잿더미로 변하지 않고 잘 견뎌줄지, 아니면 우리가 살아서 이 집에 다시 돌아올 수 있을지, 집을 나서는 발걸음이 무거웠다.

이렇게 다 놓고 떠나야 할 것을, 이번에 다행으로 살아남더라도 언젠가 한번은 큰 작별을 해야 하는 인간들이 왜 그렇게 아옹다옹했을까, 후회가 밀려왔다. 마음을 좀 더 넓히고 살 것을, 그동안 섭섭하게 한 일은 없었는지, 겸허하게 스스로를 돌아다보는 계기가 되었다. 그동안 끓어오르던 분노와 불만 그리고 아득한 불안 가운데 살던 사람들, 취업이 안 되어 절망하던 젊은이들, 일을 해도 가난의 굴레에서 벗어날 수 없었던 많은 사람들, 이제 모두 꼭 필요한, 간단한 물건만 싣고 농촌으로, 산촌으로 향하고 있었다.

'가난이야, 가난이야, 원수 같은 가난이야.'

흥부가를 넋두리 삼아 부르는 가난타령이 피난길에 오른 누군가의 뇌리에 박혔는지 판소리 가락이 희미하게 들려왔다. 설움과 눈물에 겨웠던 도시를 떠나면서 후련 섭섭한 심정으로 노래를 부르는 것 같았다.

날씨는 기가 막히게 좋아서 냉방도 난방도 필요 없었다. 차창을 열면 봄바람이 살랑살랑 뺨을 간질여 주었다. 1·4후퇴 때, 어린아이 손을 잡고 보따리를 머리에 이고, 어깨에 지고, 얼어붙은 한강 위를 건너던 것과 비교하면 피난길이 아니라 명절 쇠러 가는 길이요, 휴가 가는 길 같았다. 도로가 꽉 막혔지만 톨게이트도 그냥 통과하고 갓길까지 모두 통행이 가능하기에 그런대로 질서를 유지하며 무난하게 빠져나가고 있었다. 이렇게 해서 대한민국 인구의 절반을 차지하는 2,500만 서울 시민과 수도권 거주민들은 평화롭게 서울을 벗어나고 있었다.

3

되찾은 가족

"나는 어디로 가는 것일까? 누구와 이별을 하는 것일까?

이 모든 것과 정말 이별을 해야 하는가!"

자동차의 대열이 물 흐르듯이 남쪽으로 흘러가는 중에 수많
은 자동차 안에서도 그 수만큼 많은 이야기들이 오가고 있었
다. 평소에 한 자리에 모이지 못했던 가족들이 어쩔 수 없는 상
황에서 가장 긴 시간을 좁은 공간에서 함께 보내게 되었다.

"아빠, 우리 어디 가는 거야? 휴가 받아서 할머니 댁에 놀러
가는 거야?"

철없는 어린 것이 신바람이 나서 묻는다.

"아니야, 피난 가는 거야."

아빠는 어떤 일을 당할지 몰라서 상황을 제대로 설명하는

편이 낫겠다고 생각했다.

"피난이 뭔 데요?"

분위가가 예사롭지 않음을 느꼈는지 아이가 말을 올렸다.

"난리를 피하는 거, 즉 전쟁을 피하는 거지."

"아빠, 그럼 우리나라에 전쟁 났어요?"

"아니, 그렇지만 곧 날지도 몰라서 미리 피난을 가는 거야."

"그럼, 피난 갔다가 언제 돌아오는데요?"

"약 1주일이면 돌아올 거야. 어쩌면 아주 시골에 살아야 할지도 몰라. 만일 핵폭탄이 터지면 집도 부서지고 사람도 많이 죽으니까. 설령 집이 부서지지 않더라도 우리 집이 방사능에 오염되면 돌아갈 수가 없지. 러시아의 체르노빌이나 일본의 후쿠시마처럼 되는 거야."

아이는 아는지 모르는지 아빠의 말끝에 고개를 끄덕였다.

"아빠, 우리도 죽어요?"

"글쎄, 어쩌면 죽을지도 모르지. 사람은 누구나 죽는단다. 좀 일찍 죽느냐, 나중에 죽느냐, 그 차이만 있을 뿐이야."

아빠는 담담하게 대답했다. 길어야 백년, 어차피 인간은 죽게 되어 있는 존재가 아닌가. 아이는 시무룩이 입을 다물었다.

"나중에 생각해보자. 혹 죽게 되더라도 엄마, 아빠 손잡고 천국 가면 되잖아. 아주 좋은 곳이라는데, 아직 구경을 못했잖니? 천국은 죽은 사람만 갈 수 있는 곳이거든."

"그럼, 죽음이 천국의 입장권이네요."

어두운 표정으로 듣고 있던 아이의 표정이 환하게 밝아졌다.

"맞아, 다른 방법으로는 절대 갈 수 없는 곳이란다. 기대가 되지? 하지만 살아남으면 열심히 꿋꿋하게 살아야 해. 어차피 나중에 천국 가게 될 테니까."

듣고 있던 아이 엄마의 눈에는 눈물이 글썽이는데, 입에는 잔잔한 미소가 번졌다.

다른 차 안에서의 대화.

"아빠, 왜 우리가 시골로 가야 돼요?"

"전쟁이 날 것 같으니까 그렇지."

"왜 전쟁이 나는데요?"

"미국 때문에 그렇지"

"미국이 북한을 괴롭혔어요?"

아빠는 잠시 생각에 잠겼다. 어린 것에게 1994년 제네바 협의 내용을 미국이 성실히 지키지 않았다는 것을 어떻게 설명해야 할까. 핵무기 프로그램을 동결하면 3개월 내로 북한과의 무역 및 투자 장벽을 낮추기로 약속해놓고 일방적으로 약속을 지연시킨 일을 이해시키기가 힘들었다. 6년이 지나서 2000년 6월에야 경제 제재를 풀고 2002년에야 경수로 발전소를 착공하기로 한 일을 말이다. 그 때 관계를 잘 유지했더라면, 약속처럼 테러지원국 명단에서 제외했더라면 지금 이런 사태까지 진행되지 않았을 것 아닌가, 마음이 싱숭생숭했다.

"미국이 핵을 폐기하면 지원해준다는 약속을 깼고, 미국이 군사훈련으로 북한을 위협하고, 미국이 우리나라에 무기를 팔아먹고, 미국이 전 세계에서 패권을 잡으려고 하다가 이렇게 전쟁이 나게 생겼지."

그렇게 말을 하면서도 이게 아이에게 할 말은 아닌 것 같았다. 미국에 대해 나쁜 이미지를 가져서 좋을 것이 없다는 생각도 잠시 스쳤다.

"그럼 미국 군대만 떠나면 전쟁이 안 나겠네요?"

"그렇지."

"그런데, 아빠! 우리 선생님이 그러는데 우리나라에서 미국 군대가 떠나고 난 다음에 6·25전쟁이 일어났고, 베트남에서도 미국 군대가 떠나고 난 다음에 월남이 망했다고 하던데요."

"그건 뭘 잘 몰라서 그렇게 말하는 거야. 미국이 그전에 북한과 맺었던 핵 협정을 지키지 않았거든. 핵 원자로 폐기하면 돈 준다고 해놓고 막상 포기하니까 돈을 안 준 일이 있었어. 그러니까 북한이 미국을 못 믿는 거야. 해방 후 이런 말이 유행한 적이 있지. 미국 놈들 믿지 말고 소련 놈들한테 속지 말라고."

또 다른 차 안에서의 대화.

"아빠, 전쟁이 정말 일어날까요?"

"김정은이 하와이에 미사일을 쏘았으니 미국이 가만 있겠냐? 좋은 꼬투리가 생겼으니 전쟁이 일어날 것 같기는 하다."

"전쟁이 일어나면 집값이 떨어지나요?"

"당연하지. 전쟁 통에 집이 무슨 소용이냐? 목숨이 왔다 갔다 하는 판에, 형편없이 값이 떨어지지. 미사일에 맞으면 다 부서지고 또 핵폭탄을 맞으면 방사능에 오염되어 살 수가 없지. 부서지고 방사능에 오염된 아파트가 무슨 값이 나가겠니? 거저 줘도 살기 힘들 거다. 사실 아파트라는 게 평당 수천만 원씩 값이 나간다 해도 원래 제 것은 아무것도 없는 거야. 바닥은 아랫집 천장하고 같이 쓰지, 천장은 윗집 바닥과 공유, 그리고 벽은 옆집 벽과 같이 쓰잖아. 그러니까 공동주택이지. 공짜로 숨 쉬는 공기밖에 없는데, 왜 그렇게 비싼지 모르겠다. 하여튼 지금은 집값이 문제가 아니다. 어떻게 살아남을지, 그 다음엔 어떻게 살아야 할지, 그게 중요해."

"이렇게 아파트 값이 많이 떨어질 줄 알았으면 우리 동네에 장애인 학교 들어오는 걸 반대하지 말 걸 그랬나 봐요."

아이 엄마가 그 말을 듣고 움찔했다.

"그러게. 장애 아이를 가진 엄마들이 무릎 꿇고 울면서 땅바닥에 눈물을 흘렸기 때문에 아파트 값이 그렇게 많이 떨어지게 된 모양이다."

아빠가 허탈하게 웃었다.

"아빠, 우리가 다시 돌아올 수 있다면 우리 동네에 장애인 학교를 세워도 반대하지 말아요. 나도 장애인 친구랑 사이좋게 지낼게요."

중견 기업을 운영하는 김 회장의 가족도 피난길에 올랐다. 크고 육중한 벤츠 S600 한 대와 날렵한 벤틀리 한 대가 도곡동 타워팰리스 아파트를 바람처럼 빠져 나오고 있었다. 앞차에는 중년의 아버지와 대학생 딸이, 뒤차에는 어머니와 아들이 타고 있었다. 김 회장은 트렁크에 담겨 있던 혼마 파이브 스타 골프채를 과감히 빼버리고, 그 자리를 생필품으로 채웠다. 하지만 구매 가능한 한도의 라면과 햇반 외에 홍삼제품, 산삼을 배양한 건강식품과 생식, 그리고 견과류와 비타민이 가득 들어찼다. 이것들을 차 2대의 트렁크와 뒷자리까지 실으니 1주일이 아니라 3달은 넉넉히 지낼 수 있는 살림이었다. 그럼에도 아직 빈자리가 남아 있었다. 다행히 재난 선포 전에 휘발유를 가득 채워놔서 연료 때문에 고민할 일은 없었다. 차를 한 대만 가지고 갈까 하다가 무슨 일이 있을지 몰라서 두 대 다 가져가기로 했다. 그들은 대전 바로 아래에 있는 만인산 자연 휴양림 근처에 있는 별장을 향해서 출발했다.

50대 중반을 넘어간 사람들에게 강남은 더 이상 도시적인 매력을 주지 못 한다. 강남이 주는 에너지와 활력, 동네가 추동推動시키는 욕망이 어느 순간 갑자기 너무 진부해 보일 때가 있다. 물론 강남 입성 자체를 성공으로 여기는 평범한 주민에게 해당되는 이야기는 아니다. 성공이 권태로운 진골眞骨 강남 주민의 느낌이 그렇다는 것이다. 하지만 지속적인 발전과 혁신에 진부함을 느낀다고 해서 강남을 포기할 수는 없는 이중적인 마음이 있었다. 그래서 그는 메트로폴리스의 위엄과 전원의 아름다움을 타협적으로 모색하는 방안으로 별장을 건축한 것이다. 게다가 김 회장의 본사는 서울에 있었지만 생산 공장이 대전 근교에 위치한 까닭에 만인산 자락에 별장을 지었다. 어쨌든 그 별장이 지금 이렇게 유용하게 쓰일 줄이야. 고향의 알 만한 어르신들은 이미 다 돌아가셨고 친지들은 그동안 멀리 살아서 불쑥 연락하기가 민망했다. 그래도 고향 가까이에 간다는 것은 익숙해서 좋은 일이다. 만일의 경우 잘못 되더라도 태를 묻은 고향에서 죽음을 맞이하는 것이 훨씬 더 나을 성 싶었다.

고속도로의 모습은 어딘가 그로테스크했다. 시간이 촉박해서 고속도로 중앙분리대를 철거하지는 못했지만, 상행선의 갓길을 제외하고는 모두 하행선으로 이용되고 있었다. 고속도로에 진입하는 차들이 도로를 온통 메우고 있어서 걷는 것이나 진배없는 속도로 천천히 가고 있었다. 하지만 그 어느 누구도 불평하지 않고 흔한 클랙슨 소리도 전혀 없었다.

벤틀리 조수석에 타고 있었던 김 회장의 장남, '김 회장 주니어'는 이 초현실적인 모습을 다소 두렵고 흥미롭게 바라보고 있었다. 그는 단지 10만원 내외의 회색 조던 플라이트 팬츠에 WESC 후드티 한 장을 걸치고 있었을 뿐이지만 숨길 수 없는 귀티와 고급스러운 분위기가 그를 감싸고 있었다. 아마 북조선 인민군에게 잡힌다면 그가 타고 있는 벤틀리가 아니라 영혼 속까지 각인된 '귀티' 때문에 '인민의 적'으로 몰려 돌팔매질을 당할 것이 분명한 용모였다.

'김 회장 주니어'는 얼마 남지 않는 보조 배터리팩을 핸드폰에 연결해 음악을 듣고 있었다. 그의 젠 하이저 헤드폰에서는 굿판을 연상시키는 엠아이에이M.I.A의 노래 〈본 프리Born Free〉가 흘러나왔다. 뮤직 비디오의 음산한 광경이 머지않아 눈앞에 펼쳐질 것 같은 불안감이 그를 휩싸고 돌았다.

Yeah men made powers!

Stood like a tower! higher and higher hello

And the higher you go you feel lower, oh

아! 인간이 권력을 만들었지

탑처럼 높이높이, 안녕!

높이 올라 갈수록 사람은 낮아만지네! 오!

....

I was born free (born free)

I was born free (born free)

(bo-bo-born free ....)

나는 자유롭게 태어났네. 자유롭게!

나는 자유롭게 태어났네. 자유롭게!

자-자-자유롭게~!

　음악에 정신을 팔고 있을 때, 차량 행렬 사이에서 헤매고 있는 노인이 눈에 띄었다. 힘없이 풀려버린 반백의 파마머리에 얇은 분홍색 잠바와 검은색과 고동색의 체크무늬 바지를 입은 노인은 퀭한 눈으로 거대한 주차장 같은 도로를 분주하게 움직이고 있었다. 다른 때 같으면 차가 막힐 때마다 출현하는 뻥튀기 상인인 줄 알았을 것이다. 김 회장 주니어는 그냥 지나칠까 하다가 왠지 마음이 걸려 차창을 열었다.

　"할머니, 어디 가세요?"

　할머니는 소리 나는 곳을 힐끔 돌아보았다.

　"몰라. 우리 아들 어디 갔을까? 방금 아들하고 차를 타고 왔는데…"

　처음에는 길을 잃은 노인처럼 보였지만 좀 더 자세히 보니 뭔가 2프로 부족한 인상이었다. 콕 짚어 말할 수는 없지만 무엇인가 모자란 느낌이었다. 치매 증세가 있는 어르신이 아닐까? 혹시 할머니를 모시고 가기 힘드니까 슬쩍 내려놓고 간 것이 아닐까? 마치 애지중지하던 애완견이 늙으면 휴가지에다 슬쩍 흘리고 온다든지, 찾아오지 못할 곳으로 데리고 가서 버리는 것처럼. 어쨌든 저 할머니의 현재 상태는 피난통에 가족과 떨어져 길을 잃은 것임에는 틀림없다.

"엄마, 저 할머니 모시고 갈까요?"

김 회장 사모님은 아들의 대책 없이 오지랖 넓은 말에 살짝 짜증이 일었다. 아들의 마음이 기특하기는 했지만 별장까지 조용하게 가고 싶었기 때문에, 그 제안이 달갑지 않았다.

"애는, 지금 가뜩이나 정신이 없는데, 일을 더 만들 작정이니? 그리고 저 할머니가 어디로 가는지도 모르잖니?"

"어딘지는 몰라도 일단 경기도는 벗어나야 할 것 아니에요?"

그녀는 아들에게 인정머리 없는 사람으로 비치는 것도 별로 내키지 않는 일이라서 공을 남편에게 돌렸다.

"알았다. 아빠한테 전화해서 여쭈어 봐라."

아직 핸드폰 사용이 가능한 터라 김 회장 주니어는 아버지에게 전화를 걸었다.

"아버지! 여기 할머니 한 분이 길을 잃은 것 같은데 우리가 일단 모시고 가는 것이 좋지 않을까요? 뒷자리도 여유가 있어서 별 무리는 없을 것 같아요."

김 회장은 일순간 귀찮고 언짢은 생각이 들었다. 사실 자신도 그 할머니를 보았다. 그냥 모르는 척 눈감고 지나치려 하는데, 아들 녀석이 따라오면서 묻고 있다. 그는 예술가적 기질이 강한 아들의 연약하고 무른 성격을 걱정하고 있었다. 인성은 바르지만 추진력이 약한 아들은 무엇인가 '의미 있는 것'을 성취하지 못할 것만 같았다. 오히려 옆자리에 있는 딸아이가 후계자 혹은 사회인으로 더 알맞은 것 같았다. 그래도 어쨌거나 핵폭탄이 날아올지도 모르는 전쟁 통에 앞날의 일을 알 수 없다는 생각이 들었다. 생사조차 불확실한 상황이니 인심을 쓰는 것도 나쁘지 않을 것 같았다. 그동안 이 만큼 부富를 이루며 사는 동안 누구에겐가 원망 받을 일이 없었으랴. 아파트 값이 폭등했을 때 팔아버린 사람의 마음은 어땠을까. 운이 좋다고 기뻐했을 때, 누군가는 손해를 보고 눈물을 흘리지 않았겠나. 사업장에서 서로 경쟁할 때, 이겼다고 기뻐하던 그 때에 눈물 흘리던 사람이 분명 있었을 것이다. 치킨 게임, 제로섬 게임을 해야만 살 수 있다고 열심을 내던 모든 일이 죽음 앞에서, 전쟁 앞에서 무슨 소용이 있단 말인가.

그래도 좀 더 좋은 차로 피난갈 수 있고, 남들처럼 시골의 친지 집에 방을 한 칸 빌려서 살러가는 것 보다는 이런 판국에도 잘 가꾼 잔디가 깔리고 경치 좋고 말끔한 별장으로 가는 것이 차이가 없다고 말할 수는 없지 않은가. 밤낮 가리지 않고 열심히 일한 대가를 받는 것은 당연한 이치가 아닌가, 그렇게 스스로 위로하면서 지나간 생활을 곱씹어 보았다. 돌이켜보니 가족을 책임진다는 명분을 내세우면서 욕망을 향해 질주했던 자신의 모습이 떠올랐다. 아들은 능력과 야망은 부족하지만 욕망을 내려놓을 수 있는 아이일지도 모른다. 어떤 것이 더 행복할까, 아마 제 엄마를 닮아서 그런 것 같다는 생각도 들었다. 그러다가 문득 저 불쌍한 노인을 태워주면 복을 받아서 가족이 모두 살아남을 수 있다는 생각도 스쳤다. 유치하기는 했지만 유치한 것이 오히려 솔직한 경우도 있지 않은가.

"그래! 할머니 태워드려."

아들은 아빠의 말이 떨어지자마자 소리를 쳤다.

"할머니, 이리 오세요."

다행인지 불행인지 할머니는 별 저항 없이 순순히 차에 올랐다. 노인은 목걸이와 팔찌를 끼고 있었다. 목걸이 메달과 팔찌에 집 주소와 아들, 며느리, 손자 휴대폰 번호가 새겨져 있었다. 이렇게 알뜰하게 전화번호를 적어 놓은 것을 보니 일부러 유기한 것 같지는 않다. 아마 자식들이 효자인 듯싶었다.

김 회장 아들이 적혀 있는 전화번호로 연락을 했다. 이런저런 인상의 할머니를 아느냐고 묻자 상대편 전화에서 환호하는 목소리가 들렸다.

"와, 다행이다."

길에서 잠깐 차가 섰을 때 갑자기 할머니가 문을 열고 나갔다고 했다. 그리고 뒤에 있는 트럭과 큰 차 사이로 순식간에 자취를 감추었다는 것이다. 아들 내외가 비상등을 켜놓고 급히 내려 찾아보았지만 노인이 얼마나 빨리 사라졌는지 찾을 수가 없었다. 차의 행렬이 다시 움직이기 시작하자 뒤에서 따라오는 차들 때문에 더 이상 지체할 수 없었다. 가는 길이 모두 일방통행로가 되었기 때문에 차를 되돌릴 수도 없었다. 행렬을 따라 차를 움직이면서 아들 내외가 발을 동동 구르고 있을 때 마침 전화가 온 것이다.

"감사합니다. 우리 어머니를 안전하게 태워주셔서요."

며느리인 듯 여자가 깍듯하게 인사를 했다.

"그러면 어디서 만날까요?"

"조금 있으면 '만남의 광장'이 나오는데 거기가 어떨까요?"

"좋습니다. 곧 뵙겠습니다."

톨게이트 바로 앞에 있는 만남의 광장에서 만나기로 했다. 하기야 오늘은 모든 도로를 활짝 열어 놓았기 때문에 톨게이트는 아무 의미가 없다. 전국의 고속도로가 무료로 개방되었다. 독일에 있는 아우토반이 무료라고 하는데, 늘 통행료를 내는 데 익숙해져서 그런지 무료라는 것이 오히려 낯설었다. 그들은 가다 서다를 반복하면서 한참을 걸려 겨우 만남의 광장에 도착했다.

만남의 광장은 초입부터 붐볐다. 6·25때 같았으면 여기까지 오는 데 족히 하루는 걸리고, 발도 다 부르텄을 텐데, 그래도 쉽게 왔다는 생각을 하면서 안도했다. 만남의 광장은 수많은 사람으로 소란스러웠지만, 아수라장은 아니었다. 무어라 표현할 수 없는 질서가 있었다. 죽음을 앞에 두고 마음이 가난해진 겸손한 마음들이 만들어낸 질서였을까.

아이들과 아내는 우선 화장실에 갔다. 길고 긴 줄이 이어졌지만 그 누구도 불평하지 않았다. 이곳은 휴게소 중에 가장 화장실 시설이 빈약한 곳이지만 외국보다는 훨씬 좋았다. 얼마나 감사한가! 세계 최고의 고속도로 공중 화장실 시설을 갖춘 대한민국에서 전쟁을 맞이한 것이. 시설도 좋지 않은 화장실을 한 번 사용하는데도 1~2 유로씩 내야 하는 유럽의 어느 나라에서 전쟁을 맞이하지 않은 것이 얼마나 다행인가! 행담도 휴게실처럼 남자 소변기가 100개 이상 걸려 있는 세계 최고, 최대의 화장실을 보유한 나라, 대한민국! 이 발전된 문명의 나라에서 핵전쟁이라니!

여전히 잘 터지는 핸드폰 덕분에 할머니의 아들을 쉽게 만날 수 있었다. 그들은 오래지 않아 휴게소에 들어섰다. 세계에서 가장 성능 좋은 대한민국 핸드폰을 며칠이나 더 쓸 수 있을지 모르겠다.

사십대 후반쯤 보이는 아들은 연신 감사의 인사를 하면서 할머니를 모시고 돌아가려 했다. 아들의 차는 대한민국에서 가장 흔한 소형차였다. 왼쪽 휀다 부분에 긁힌 자국이 선명하게 남아 있는, 아마 10년은 족히 지난 듯 보이는 아반테 XD 운전석에는 할머니의 아들이, 조수석에는 중학생으로 보이는 손자가 앉아 있었다. 부인은 어린 딸 하나와 뒷자리에 있었는데 딸을 가운데 앉히고 할머니와 며느리가 각각 창가에 앉았던 것 같았다. 이것저것 물건이 많아서 발밑까지 자질구레한 짐들이 가득했다.

"감사합니다. 정말 이 은혜를 어떻게 갚아야 할지, 제 어머니가 치매 증상이 있어서요. 갑자기 차에서 내리시는 바람에 정말 십년감수했습니다."

아들이 감사하다고 연신 허리를 굽혔다. 세상이 어떻게 돌아가는지 알지 못하는 치매 할머니가 갑갑증이 난다고 문을 열고 나오다 이 사단이 났던 모양이었다. 아들이 할머니를 모시고 차에 태우려고 하자 할머니가 갑자기 아들의 손을 뿌리쳤다.

"나, 이 차 답답해서 싫다. 저 양반 차를 탈게."

당황스럽기는 아들이나 김 회장이나 마찬가지였다.

"어머니, 이게 우리 차예요. 저 분은 길 잃은 어머니를 태워주신 분이구요. 자, 이제 우리 차로 가요."

아들은 무안해서 얼굴이 붉어지면서 어머니를 꼭 안다시피 붙잡았다.

"싫다. 나는 이 양반 차를 탄대도, 편하고 좋더라."

할머니는 아들의 팔에서 벗어나려고 완강하게 저항했다.

"어머니, 제발 말 좀 들으세요. 남의 차를 타겠다고 우기시면 어떡해요?"

그러나 할머니는 고개를 저었다. 돌아서려던 김 회장 아들과 부인도 난감했다. 할머니가 그들을 따라올 태세였다.

"어디로 갈 예정이십니까?"

벤츠 주인 김 회장이 할머니의 아들에게 물었다.

"일단, 대전에 있는 동생 집으로 가서 의논하려고 합니다."

벤츠 주인은 잠시 생각에 잠겼다.

"대전이요? 그래요, 마침 잘 되었군요. 저도 대전을 지나가야 합니다. 정 그렇다면 제가 어머니를 모시고 대전까지 가겠습니다."

아들은 난감한 듯, 그러나 어머니가 완강하게 나오자 할 수 없다는 듯이 고개를 끄덕였다.

"그럼, 대전 어디서 만날까요?"

"대전역 앞에 큰 바윗돌로 만들어진 〈대전블루스〉 노래비가 있어요. 그 앞에서 만나면 어떻겠습니까?"

김 회장이 대답했다. 왜 하필 그 때 〈대전블루스〉가 떠올랐을까?

'잘 있거라, 나는 간다. 이별의 말도 없이.

떠나가는 새벽열차 대전발 영시 오십분.

세상은 잠이 들어 고요한 이 밤

나만이 소리치며 울 줄이야!

아아아, 붙잡아도 뿌리치는 목포행 완행열차.'

그래, 처음 서울 갈 때 대전역에서 기차를 탔었지. 그 때만 해도 얼마나 꿈에 부풀었던가. 그 때 어디선가 들려오던 안정애의 〈대전블루스〉, 사실 제목도 잘 몰랐다. 그저 '대전발 영시 오십분'으로 끝나는 노래라고 머릿속에 막연하게 입력이 되어 있었다. 영시 오십분이라는 그 구절이 애틋하게 마음에 와서 박혔던 것 같다. 통행금지가 시퍼렇게 살아 있던 시절, 영시 오십분 기차를 타는 사람들은 대체 누구일까? 그런 의문도 잠깐 들었던 것 같다.

'나는 어디로 가는 것일까? 누구와 이별을 하는 것일까? 고향 떠나 서울로 가서 정말 열심히 살았는데. 그래서 이만큼 일구었는데. 이 모든 것들과 정말 이별을 해야 하는가! 재산이야 없으면 없는 대로 살면 되지만 우리 자식들은 어떻게 될까?'

김 회장은 잠시 상념에 빠졌다가 번쩍 정신이 돌아 왔다. 그리고 부인과 아들에게도 자신이 할머니를 모시고 가겠다고 말했다.

"그 차보다는 이 차가 더 편하실 거야. 내가 모시고 갈게. 대전역에서 만납시다."

김 회장은 뒷자리에 할머니를 태웠다. 잠시 돌아가신 어머니를 모신 것 같은 착각이 일었다.

"어머니, 대전에서 뵈어요. 아까는 벤틀리를 타시고 이번에는 벤츠를 타고 피난을 가시다니, 참 복도 많으시네요."

멋쩍은 아들이 할머니의 손을 잡고 인사를 했다. 할머니는 아들에게 손을 흔들고 벤츠에 올랐다.

"그럼, 대전에서 봅시다."

'죽지 않고 살아 있으면' 하는 말이 입안에서 맴돌았다.

4

서울에 남은 사람들

"핵폭탄이 터지면 나라가 절단 날 텐데

핵폭탄 앞에서도 싸움하는 어리석은 지도자라는 말은

듣기 싫습니다."

평양에서는 김정은 국무위원장 주재로 비상확대 국무회의가 열리고 있었다. 모두 입을 굳게 다물고 자세를 곧추 세웠다. 긴장감이 그들의 목을 팽팽하게 잡아 당기고 있었다.

"위원장 동지, 이게 무슨 일인지 모르갔습네다."

김영남이 김정은에게 최초로 입을 열었다.

"대체 또 무슨 일이요?"

"서울 시민들과 수도권 시민들이 모두 서울을 빠져 나가고 있답니다. 그러면 휴전선에 배치된 장사정포는 아무 소용이 없지 않겠습니까?"

"서울을 비운다고요?"

김정은이 눈의 흰자가 드러나도록 눈을 치떴다.

"하, 이것들이 또 무슨 수작을 하는 거야? 가면 어데로 간다구? 그러지 않아도 좁은 땅 덩어리에 사람이 바글바글한데 어디 숨을 데나 마련해 두었답디까? 아니면 무슨 꿍꿍이가 있는 것 아니요?"

"글쎄요. 아직까지 왜 저러는지 알아내지는 못했습니다만, 지금 남조선 인민들은 거의 다 길 위에 나와 있습니다. 고속도로 뿐 아니라 모든 길이 차로 꽉 들어차 있답니다. 남쪽으로 간다고 하는데 정확히 어디로 가는지는 모르갔습네다."

"그것들이 미치지 않고는 왜 그런 짓을 하지? 다 길바닥에 나와 있다니? 항구로 가서 외국으로 달아나려는 것 아니오?"

누군가 그렇게 말했다.

"여객선이 얼마나 된다고 저 많은 인구를 실어 나르겠소? 뭔가 다른 꿍꿍이가 있을 테지. 그나저나 이렇게 사정거리를 벗어나게 되면 우리 장사정포는 쓸모없이 되어 버리는 것 아니오? 어떻게 할까요? 지금이라도 피난 가는 남조선 시민들 위로 몇 대 갈겨 버릴까요?"

"하긴 기름통에 기름 가득 채우고 줄지어 서 있는 차량 행렬에 포 몇 대만 갈겨도 바로 불바다가 될 텐데, 기회가 아주 좋습네다. 아주 죽여 달라고 길에 나와 대기하고 있는 셈입니다. 남조선 인구의 반은 이미 우리 손 안에 있습니다."

"조금만 더 지켜봅시다. 지금 갈겨 버리면 정말 전쟁이 일어나게 될 거요. 우리도 대비를 해야지. 우리 편을 드는 것 같으면서도 미국놈들 눈치 보는 중국이 과연 어떻게 나올지 모르지요. 만일 중국이 나 몰라라 한다면 어떻게 하겠소?"

"그게 좋겠습니다. 얼마 전에 트럼프가 푸틴 대통령을 만나서 무슨 작전을 하는 것 같던데, 미국의 꼬임에 넘어가서 러시아가 모른 척 할 수도 있고, 오히려 일본이 신이 나서 미국과 합세해서 덤빌 가능성도 있습니다."

한동안 침묵이 흘렀다. 지금 전쟁이 나면 북조선도 최악의 사태를 각오해야 한다는 것을 그들도 잘 알고 있었다.

"중국이 지금 미국하고 연락을 취하고 있는 모양입니다. 우리가 실수로 하와이를 때렸다고 해명을 했으니까 곧 무슨 답변이 있을 것입네다."

"일단 조금만 더 기다려 봅시다. 정 안되면 나중에 미사일로 갈기면 되지 않겠습니까!"

많은 말들이 오갔을 뿐, 분명하게 결정된 것은 하나도 없었다.

그 시각 서울 청와대에서도 많은 사람들이 숨 가쁘게 움직이고 있었지만 묘안이 없기는 마찬가지였다.

"대통령님, 자한당 황 대표님과 국민당 한 대표님, 그리고 바른당 우 대표님께서 오셨습니다."

"아, 그래요? 들어오라고 하시오."

대통령의 얼굴에 화색이 돌았다. 비서의 안내에 따라 3당의 대표들이 들어섰다.

"안녕하십니까? 오랜만입니다."

"나라가 이렇게 큰 위기에 처했는데 안녕할 수가 있겠습니까? 이렇게 와 주셔서 감사합니다."

"별 말씀을요. 나라가 위기에 처했는데 지금 여당, 야당이 문제입니까?"

황 대표가 너스레를 떨며 손을 내밀었다. 대통령은 황 대표를 비롯해서 야당 대표들과 차례로 악수를 했다. 그리고 차례로 자리에 앉았다.

"아시다시피 지금은 지혜를 모아야 할 때입니다. 좋은 의견 있으시면 기탄없이 말씀하십시오."

"대통령께서 서울 시민들을 대피시킨다고 하시는데, 어쨌든 그것은 잘 하신 일입니다. 대전 이남으로 내려가면 아무래도 장사정포의 사정거리에서 벗어날 가능성이 큽니다. 그리고 인구가 밀집된 광역시를 비우고 흩어진다면, 만일의 경우 핵폭탄이 날아온다 하더라도 피해를 줄일 수 있으니 말입니다."

황 대표가 먼저 말문을 열었고 다른 대표들도 고개를 끄덕였다.

"그런데 대통령께서는 피난을 가지 않고 서울에 남아 계신다면서요?"

"네, 그렇습니다. 저야 어디를 가나 마찬가지 아니겠습니까? 지난 6·25전쟁 때는 대통령이 먼저 서울을 떠나고 한강 다리를 끊어 버렸기 때문에 국민들이 얼마나 큰 고통을 당했습니까? 서울에 핵폭탄이 터지면 피난 가지 못하고 남아 있는 서울 시민들과 함께 죽겠습니다. 내 나이 환갑을 훌쩍 넘었으니 무슨 여한이 있겠습니까?"

"물론 그런 자세는 훌륭합니다. 그러나 국가의 통수권자가 유고가 되면 나라는 혼란에 빠집니다. 대통령은 죽고 싶어도 마음대로 죽을 수 없는 몸입니다. 크게 생각하셔서 안전한 곳으로 대피하십시오."

한 대표는 경상도 억양으로 책을 읽듯이 또박또박 말했다.

"생각해 주시니 감사합니다. 저야 살 만큼 살지 않았습니까? 3포 세대니 뭐니 하면서 힘들게 살고 있는 우리 자녀들 세대가 불쌍하지요. 그러나 어쩝니까? 우리가 못 나서 이렇게 된 것을요. 핵폭탄이 떨어져 서울에 있는 정부가 무너지더라도 국무총리와 젊은 국무위원들을 피난 시켜 놓았으니 그들이 바로 이어서 정부 기능을 담당할 겁니다."

대통령이 결연하게 말을 맺었다.

"대통령께서 그렇게 말씀하시면 환갑을 넘긴 저도 살 만큼 산 사람입니다. 하하, 저도 서울에 남아야 할 모양입니다."

황 대표가 너스레를 떨었다.

"그런데, 3당 대표님들께서 긴히 하실 말씀이 있다고 하셨는데, 무슨 일입니까?"

대통령이 눈을 크게 뜨며 물었다.

"대통령께서 서울에 남으신다고 하시기에 우리도 같이 남으려고 합니다. 지난 선거 때 우리 중 한 사람이 대통령이 되었다 해도 이런 일을 당하면 서울에 남지 않겠습니까? 우리들도 대통령과 함께 남아 있으면서 작은 힘이라도 보태겠습니다."

우 대표가 조용하게 말했다.

"고맙습니다. 그러면 대표님들께서는 무슨 일을 담당하실까요?"

"뭐든지 좋습니다. 청와대에서 커피 끓이는 일이라도 돕겠습니다."

"허허, 별 말씀을요. 대표님들과 국정고문 이름으로 중요한 일을 의논하도록 하겠습니다."

대통령이 3당 대표를 바라보면서 정중하게 말했다.

"미국 사람들, 나라가 위기에 처하면 여야 구분 없이 잘 뭉치는 것이 참 부러웠습니다. 그런데 우리는 임진왜란 때도 당파 싸움을 하지 않았습니까? 핵폭탄이 터지면 나라가 절단 날 텐데 핵폭탄 앞에서도 싸움하는 어리석은 지도자라는 말은 듣기 싫습니다. 지난 선거 때 대통령께 험한 말 한 것 잊으시고 우리 한 번 힘을 합치고 지혜를 모아봅시다.”

자한당 황 대표의 말에 대통령의 얼굴이 모처럼 환해졌다. 무엇인가 위에 얹혀 있던 것이 시원하게 쑥 내려가는 느낌이었다. 3당 대표가 돌아가자마자 비서실에서 연락이 왔다.

“대통령님, 또 손님들이 오신답니다.”

한 팀이 나가자마자 또 한 팀의 내방객이 있었다.

“누구신데?”

“종교지도자들입니다. 천주교 추기경님과 불교 조계종 종정 스님 그리고 유명교회 목사님입니다. 밥퍼 목사님께서도 동행 하셨습니다.”

“들어오시라고 하세요.”

대통령께서는 피로를 느꼈지만 종교지도자들의 방문 소식에 마치 예수님이나 부처님이 오시는 것처럼 밝은 표정이 되었다. 곧 네 분의 종교지도자가 함께 들어왔다. 평소에는 청와대에서 초청을 하더라도 한 자리에 모이기 어려운 분들이 국가가 어려운 일을 당하자 서로 연락을 해서 이루어진 모임이었다.

“대통령께서 얼마나 힘드십니까? 힘내십시오. 저희들과 온 국민이 기도하고 있습니다."

추기경이 천주교 신자인 대통령의 손을 꼭 잡았다.

남·북한 7천5백 만 국민의 생명을 책임진 대통령이지만 청와대를 방문한 추기경 앞에서는 목자의 품을 그리워하는 길 잃은 어린 양 같았다.

"지난번에 중국의 환구시보에서 '한국에 넘쳐나는 절과 교회에서는 평안을 비는 기도나 많이 하라'는 기사를 냈다고 합니다. 조롱인지 칭찬인지 모르지만 좋은 쪽으로 생각합시다. 그런 말을 하는 걸 보니, 중국 사람들도 예수님과 부처님에 대한 믿음이 조금 생긴 모양입니다. 허허, 믿음이 생겼다면 하여튼 좋은 일이지요. 앞으로 중국 사람들이 예수님과 부처님 말씀에 귀를 기울인다면 아시아에 평화가 찾아올 것입니다. 우리는 환구시보의 충고처럼, 교회와 절에서 기도하기 위해서 서울에 남으려고 합니다."

종정 스님께서 자비한 음성으로 말문을 열었다.

"불교라고 하면 깊은 산속에서 목탁이나 두드리며 나무아미타불을 외는 것으로 오해하는 분들이 많습니다. 살생을 금하여 미물들이 왕성하게 활동하는 시기에는 지나가는 벌레 한 마리라도 밟지 않기 위해 안거를 하며 수행을 합니다. 그러나 국가가 위기에 처했을 때 우리는 창을 들고 전쟁터에 나갔습니다. 승군僧軍이라고 하지요. 그 역사는 삼국시대부터 내려오고 있습니다. 임진왜란 때는 승병이 되어 전국 사찰에 격문을 붙이고 싸우러 나갔습니다. 서산대사나 사명대사가 그런 분들 아닙니까? 국가가 위난에 처하면 모두 힘을 합해야 합니다. 저는 청와대 가까이에 있는 조계사에서 이 나라 이 백성을 위해 부처님께 간절히 기원을 드리겠습니다."

스님의 설명에 모두 고개를 끄덕거렸다. 그러자 추기경께서 잔잔하게 미소 지으며 말을 이었다.

"훌륭하십니다. 나라를 사랑하지 않는 사람이 어디 있겠습니까? 각자 사랑하는 방식이 다를 뿐입니다. 우리도 80년대 민주화 운동이 한창일 때는 정말 긴박한 순간이 많았습니다. 경찰에 쫓기던 학생들이 명동성당으로 뛰어 들어오면 경찰에서는 아이들 내놓으라고 협박을 했지요. 그뿐입니까? 노동자들이 시위할 때도 명동성당이 농성 장소였습니다. 매일 최루탄 가스에, 무장 경찰에, 선종하신 김수환 추기경님이 정말 고생 많이 하셨지요. 추기경님은 '학생들을 체포하려거든 나를 밟고 가라'고 하셨죠. 물론 사제들도 고생이 많았어요. 한국의 민주화 운동에 천주교가 상당히 많이 기여했다고 자부합니다."

"요새는 우리 조계사로도 피신 옵니다."

스님의 말에 모두 한바탕 웃었다.

"저는 명동성당에 남아서 천주님께 이 나라 이 백성을 위해 간절히 기도하겠습니다."

추기경은 자신도 서울에 남겠다는 뜻을 비쳤다.

"아마 우리 교회가 여기서 거리가 가장 먼 것 같네요. 어쨌든 하나님은 거리와 상관없는 분이시니 어디서든 원격조정을 하실 것입니다. 저는 교회로 돌아가서 이 나라 이 백성을 위해 예수님께 간절히 기도하겠습니다. 한국 교회의 역사는 사실 130년 정도 됩니다. 특히 일제 강점기를 거치면서 선교사들이 많은 병원을 세우고 학교를 지어 국민을 계몽하고 교육하는 일에 헌신했기에 짧은 기간에 눈부신 발전을 했습니다. 개신교인 중에 일본의 신사참배에 반대하다가 순교하거나 투옥된 사람이 많습니다. 대표적으로 주기철, 손양원 목사를 들 수 있고요. 해방 후에도 평양에 있던 많은 신도들이 공산당의 핍박을 견디다 못해 월남해서 명동에 영락교회를 세우지 않았습니까? 그 교회의 김응락 장로는 한국전쟁 때 교회를 지키느라 피난도 가지 않고 순교한 분입니다. 지금은 몇몇 큰 교회 목사들 때문에 저도 얼굴을 들기가 부끄럽습니다만, 대부분의 교인들은 착하고 선량해서 성경 말씀대로 살기 위해 노력하고 있습니다. 어느 종교든 사람이 문제이지, 종교의 교리 자체가 문제가 되지는 않는 법입니다."

유명 교회 이 목사님이 특유의 억양으로 말을 받았다. 구수

한 설교와 동네 할아버지같이 포근한 얼굴로 한국의 기독교인들에게 크게 사랑을 받는 이 목사님은 이 와중에도 담담하게 평상심을 잃지 않았다.

대통령은 예전부터 친분이 있는 밥퍼 목사를 향해 미소를 지었다.

"지금은 어디서 밥을 나누고 있습니까? 젊은 밥퍼 목사님은 빨리 피난을 가시지요."

"요새는 청량리와 서울역에서 밥을 푸고 있습니다. 제가 하는 것이 아니라 자원봉사자들이 이름 없이 빛도 없이 수고해서 매일 밥을 푸고 있습니다. 그들이 수고하는데 제가 칭찬을 받으니 민망합니다. 아마도 천국에서 저는 상을 못 받을 것 같습니다. 이 땅에서 이미 다 받았으니까요. 그리고 제가 젊다니요? 저도 환갑이 지나 손자가 있습니다. 저는 만일 전쟁이 터지면 휴전선에 가서 밥을 푸겠습니다. 남·북한 젊은 아이들과 함께 밥상에 둘러 앉아 밥을 먹다가 미사일이든지 핵폭탄이든지 떨어지면 함께 죽겠습니다. 밥퍼 목사가 밥을 푸다가 죽으면 가장 영광스러운 일이 아니겠습니까? 밥을 사랑하는 목사니까요. 하하."

밥퍼 목사는 너털웃음을 터뜨리며 우렁우렁한 목소리로 대답했다. 말은 그렇게 했지만 피난을 떠난 아들과 딸을 생각하니 목이 메었다.

'내 아들아, 내 딸아, 부디 살아 남거라. 그리고 너희들은 무

너진 조국 강산을 다시 회복시켜야 한다.'

그 시각 주한 중국대사관의 정홍종 부대사는 한반도에서 일
어나는 상황을 시시각각으로 파악하여 중앙정부에 보고하고
있었다. 사실 그의 부대사 취임과 관련하여 항간에는 여러 가
지 소문이 있었다. 기존의 공사가 담당했던 부대사직에 40대
중반의 조선족 출신 부대사 정홍종을 임명했다는 것 자체가 파
격이었다. 사드배치에 따른 중국 정부의 반발이라는 의견이 외
교계에 파다한 소문이었다. 하지만 그것은 완전한 오해였다. 정
홍종 부대사의 영향력은 중국 대사를 능가하고 있었는데, 사실
그는 외교부 소속이 아니라 중국의 국가안전부 소속이었던 까
닭이다.

중국의 개혁개방이 시작되기 3년 전인 1973년, 연길에서 태
어난 정홍종은 그야말로 탁월한 엘리트였다. 그는 연변 제1중학
교와 베이징대학교 정치학과를 수석으로 졸업했다. 당시 중국
의 소수민족 출신으로는 최초로 베이징대학교 졸업식에서 학
생 대표로 답사를 하였고 장쩌민 주석으로부터 직접 졸업장을
수여받았다. 이 졸업식 사진은 아직도 그의 서재에 잘 보관되
어 있다. 한국과 중국의 수교가 이루어짐에 따라, 그는 중국 정
부의 국비장학생으로 선발되어 서울대학교 정치학과에서 유학
하게 된다. 김학준 교수와 장달중 교수의 지도를 받아 〈한중수

교에 따른 동북아 신-역학구조)라는 논문을 작성했다. 정홍종의 석사논문은 만장일치로 그 해 최고의 논문으로 선정되었다. 서울대학교에서는 그의 이름과 논문제목을 동판에 새겨 사회과학대학교 3층에 전시해 놓았다.

그 후 미국으로 가서 존스홉킨스대학교에서 국제정치학 박사를 취득했다. 동북아시아 전문가인 켄트 칼더Kent Calder의 지도로 박사학위를 받았고 유학생활을 하면서 한반도, 중국 연구자들과 광범위한 인맥을 형성했다. 그가 공부했던 존스홉킨스대학의 돈 오버도퍼와, 통 킴Tong Kim은 정홍종의 뛰어남을 보고 향후 동북아에서 핵심적인 역할을 할 수 있는 학자가 될 것이라고 확신하고 있었다. 정홍종은 코넬대학의 첸 지안, 하버드의 중국전문가 에즈라 보겔. 스탠포드대학의 앤드류 왈더와 진오이 교수들 그리고 우드로 윌슨 센터와 미국국제전략연구소의 연구원들과 폭넓게 교류했다. 박사학위를 취득한 후에는 3년간 와세다대학교 아시아태평양 연구과에서 중국정치와 한반도 문제에 대해 강의한 경력도 있었다.

일본에 막 입국할 당시 일본어를 전혀 할 줄 몰랐기 때문에 강의는 모두 영어로 이루어졌다. 그래도 중국과 동일한 어근을 공유하고 있는 일본어를 비교적 빨리 습득하여, 신문 정도는 어렵지 않게 읽을 수 있었다. 그 후 중국공산당의 요청에 따라 권력의 핵심인 중국 국가안전부에서 '동아시아 태평양 담당

분석관'으로 특별 채용된 화려한 이력을 가지고 있었다. 직위로 보면 중국군 대교로 우리 군의 대령에 해당하는 위치였지만 그 영향력은 일선 장군을 능가하는 것이었다. 당시 정홍종의 나이 겨우 서른여섯이었다.

사실 그의 놀라운 성공 뒤에는 엄청난 비밀이 하나 숨겨져 있었다. 정홍종이 매우 뛰어난 인물임에는 틀림이 없으나, 능력 하나만으로 중국권력의 핵심으로 들어가기는 매우 어렵다 못해 거의 불가능한 일이다.

이것이 가능했던 이유는 그의 가계의 이력 때문이었다. 정홍종의 조부는 바로 작곡가 정율성 선생이었다. 정홍종, 그는 음악가 정율성의 손자이다. 정율성(1918-1976)은 한국에서는 잘 알려지지 않은 중국의 음악가이다. 그는 광주 태생으로 초기 선교사들이 정착했던 광주 양림리에서 어린 시절을 보냈다. 선교사가 양림동에 세운 제중병원에서 작은 외삼촌이 의사로 일했고, 유진 벨 선교사가 설립한 양림교회를 다녔으며, 역시 유진 벨 선교사가 설립한 숭일중학교를 다녔다. 당시 지척에 있던 수피아 여학생들을 곁눈질하는 재미도 보통이 아니었다. 그 학교에서는 여자 선교사들이 여학생들을 교육하는 데 헌신하고 있었다. 선교사들 덕분에 양림동은 노랑머리, 푸른 눈이 낯설지 않은 마을이 되었고 근대식 병원과 학교를 비롯해서 멋진 건물이 들어섰다. 서울에 세브란스 병원을 세운 올리버 에비슨의 아들 가족도 양림동에 와서 농업학교를 세우고 농사짓는 법을 가르쳤다.

일제 시절이기는 하지만 양림동에는 오웬 기념각이나 윌슨 하우스처럼 서양식 근대 건물이 들어서고 그 곳에 드나드는 외국인들을 심심치 않게 볼 수 있었다. 정율성은 이러한 분위기에서 서양음악을 접할 수 있었다. 1933년, 일제 강점기의 암울한 시대에 독립운동가로 활약하던 형들을 따라 그는 15세에 중국으로 건너갔다. 상해와 남경 등을 전전하면서 음악을 공부했다. 못 다한 혁명을 음악으로 이루어 보리라는 야심찬 꿈을 품고서. 음악으로 항일을 하고 조선독립운동을 해보자는 것이다. 그런 연유로 그는 많은 혁명가를 작곡했다.

1939년 정율성은 중국공산당에 공식적으로 입당하게 된다. 당시 중국공산당 당원은 영광과 권력을 누리는 자리가 아니라 고난과 역경의 자리였다. 정율성은 음악을 통해 혁명을 달성하고자 했다. 음악은 인간의 가장 원초적인 감수성을 자극한다. 음악은 평안함과 안정감을 제공하기도 하지만 격정을 불러일으키기도 한다. 오추마를 탄 초패왕 항우와 그의 군대를 마지막으로 몰락시킨 것은 바로 노래 한 자락이었다. 피곤한 초나라 병사들에게 고향의 노래를 들려주어 사기를 꺾었다는 사면초가의 이야기는 옛말로 그치지 않는다.

연안송가와 중국인민해방군가를 작곡함으로써 그는 중국에

서 추앙받는 음악가가 되었고 중국의 신 건국 영웅 100인에 선정되기도 했다. 역시 광주에서 공부하고 차이코프스키대학에서 공부했던 천재작곡가 정추와 의형제를 맺기도 했다.

정율성은 한국전쟁 당시 조선인민군가를 작곡하여 김일성 주석에게 바쳤다. 해방 후 그는 북한에서 활동하다가 연안파 계열이 숙청되는 과정에서 1951년 다시 중국으로 건너갔다. 그런 연유로 그동안 한국에서는 그의 이름이 거론되지 못했다. 한국과 중국의 국제관계가 악화되자 돌아올 수 없는 몸이 되어 평생 고향을 그리며 타국 땅에서 여생을 마치고 말았다.

그는 어린 시절 외삼촌 최흥종 목사의 사랑과 영향을 많이 받았다. 광주의 성자라고 불리는 오방 최흥종, 다시 만날 수는 없었지만 늘 그리웠던 삼촌! 그래서 정율성은 외삼촌의 이름을 따서 자기 손자의 이름을 정흥종이라고 지은 것이다. 그 정흥종이 공교롭게도 지금 주한중국대사관 부대사로 근무하고 있다.

세상에 잘 알려지지 않는 사실 가운데 하나는 정율성의 부인, 정설송 여사였다. 그녀는 주은래 총리의 양녀였으며 그 덕분에 과거 사회주의 국가인 폴란드 대사를 역임했다. 그렇게 따지면 정흥종은 혈연적 관계는 아니지만 주은래 총리의 외증손자인 셈이다. 건국 영웅과 공산당 2인자의 후손임에도 불구하고 소수민족이라는 한계 때문에 어린 시절부터 최고 권력가문과 교류할 수는 없었다. 그래서인지 주은래 총리의 또 다른 양 자인 리펑 총리와는 한 번도 왕래조차 하지 못했다.

하지만 국가안전부 '동아시아 태평양 담당 분석관'에 임명되 면서 사실상 혁명 후손 그룹인 범 '태자당' 계열로 분류되기 시 작했다. 정홍종은 베이징 798거리에서 자기보다 7살이나 어린 현재의 부인 밍밍明明을 만났다. 충칭의 백화점 회장의 장녀로 태어난 밍밍은 베이징사범대학교를 졸업하고 캐나다 UBC에 서 통계학을 전공한 재원이었다. 그녀는 유학 생활 중 중국인교 회에 출석하게 되었고 기독교를 받아들였다. 그리고 그 교회에 서 담당하는 '원주민 선교'에도 열심히 참여했다. 이처럼 배후 가 든든한 정홍종은 비록 소수민족 출신이지만 향후 외교부장 이나 정치국 상무위원까지 올라갈 만한 인물이었다. 그 정홍종 이 지금 서울에서 이 모든 상황을 매우 심각하게 지켜보고 있 었다.

그동안 미국이 몇 차례 경고했음에도 불구하고 이런 일을 벌 인 북한을 위해 중국은 더 이상 두둔할 구실을 찾을 수 없었다. 게다가 국제 사회의 비난도 갈수록 높아지고 있어서 중국정부 는 슬그머니 발을 뺄 참이었다. 사실 북한의 미사일 도발은 중 국정부로서도 예상하지 못했던 사안이었기 때문에 이에 대한 대응방안을 심각하게 고심하고 있었다.

중국에서는 주한 중국대사관에 자국민 소개령疏開令을 내렸다. 한국에 거주하는 외국인 가운데 취업, 여행, 유학, 사업, 공무 등으로 들어와 있는 중국 국적을 가진 사람을 조사해보니 약 70만 명이나 되었다. 물론 그 가운데 절대 다수는 한국말이 자유로운 조선족 중국인이다.

중국대사관 측에서는 자국민을 안전하게 중국으로 보내기 위해서 머리를 짜보았지만 마땅한 방법이 없었다. 인천공항이나 인천항을 통해 중국으로 빠져 나갈 수 있는 인원은 하루 최대 5만 명도 안 되는데 이 많은 사람들을 미군이 오기 전에 소개하는 것이 불가능했다. 더욱이 외국으로 나가는 비행기는 전면 통제되고 있었고 통제가 되지 않았다 해도 그 많은 한국 거주 중국인들이 며칠 만에 비행기 표를 구할 수도 없었다.

왕밍춘 대사와 정흥종 부대사가 의논에 의논을 거듭했지만 좋은 방법이 떠오르지 않았다. 사실 경제통인 왕밍춘 대사는 통상업무를 담당해왔기 때문에 이러한 위기상황을 관리하는 일은 조금 서툴렀다. 이 때문에 정흥종의 어깨가 더욱 무거웠다. 짧은 시간동안 이 많은 인구를 피신시키는 것은 불가능한 일이었다.

"혹시 남기를 원하는 사람과 돌아가기를 원하는 사람을 먼저 구분해 보도록 하지요."

정흥종이 먼저 입을 열었다.

"모두 다 가려고 하지, 누가 이 위험한 땅에 남아 있으려고 하겠습니까?"

대사는 정홍종의 발상이 달갑지 않은 듯 시들하게 대답했다.

"중국인들 중에 한국인들과 결혼한 사람들이 많지 않습니까? 또 여기가 원래 고향인 조선족 중국인도 있고, 이 땅에 사업체를 가지고 있는 사람도 어쩌면 남기를 원할 수도 있지 않을까요?"

"본인들이 남아 있겠다면 누가 말리겠소? 가뜩이나 운송편이 부족한데, 부대사가 알아서 하시오."

사실 대사와 정홍종 모두 신경이 매우 날카로워져 있었다. 가족들은 이미 중국으로 안전하게 보냈지만 자신들의 목숨이 안전하지 않았기 때문이다. 양국 사이의 비자발급과 경제협력을 담당하는 외교관들은 이미 본국으로 대피했다. 남아 있는 대사관의 모든 인원들은 자국민 탈출 업무에만 투입되었다. 대사와 부대사 모두 서울 사저에서 나와 시흥의 안전가옥에서 대사관으로 출퇴근을 하고 있는 상황이었다.

왕 대사와 의논한 후, 일단 수도권의 중국인 중 돌아가기를 원하는 사람들에게 집에서 가까운 항구로 모이라는 연락을 취했다. 대부분 스마트 폰을 사용하고 있기에 연락하기가 수월했다. 연락이 간편한 것도 과학발전의 덕이었다. 인천항, 평택항, 군산항, 목포항으로 모든 배편을 총동원해보기로 했다. 하지만 이 탈출 작전에는 큰 문제가 있었다.

그것은 바로 중국의 배는 정부의 허가 없이는 대한민국의 영해로 들어 올 수 없다는 점이었다. 대한민국 국군 전함의 절반 가량이 서해에 배치되어 있었고, 일본 자위대의 구축함들도 일본의 최북단에서 대기하고 있었다. 정흥종도 이 문제를 알고 있었다. 하지만 한 시가 급한 상황이라서 일단 베이징 정부에 배편을 동원해달라고 요청을 해놓은 상태였다. 다음 과제는 청와대와 주변국으로부터 입항 허가를 얻는 일이다. 양 엄지손가락으로 관자놀이를 꾹 누른 후, 고개를 한번 세차게 흔들고 정흥종은 전화기를 들었다.

"장미화 외교부 장관님, 안녕하십니까? 중국 부대사 정흥종입니다. 지금 나랏일로 정신이 없으시겠지만 통화 가능하십니까?"

"네, 정흥종 부대사님! 안 그래도 먼저 연락드리려고 했습니다. 지금 청와대에서 국가안전보장회의를 막 마쳤습니다. 한국 정부의 입장도 설명해드리고 또한 개인적으로 부탁드릴 일도 있고요."

"부탁이라…, 알겠습니다. 일단 만나서 이야기하는 것이 좋겠습니다. 지금과 같은 비상상황 발생시 당사국들의 소통은 필수적이지 않습니까? 어디서 뵐까요?"

"1시간 후에 외교부 장관실, 괜찮겠습니까?"

"네, 그리로 가지요."

장미화 장관과 통화가 끝나자마자 정흥종은 왕이 외교부장에게 전화를 연결했다.

"부장님, 정흥종입니다. 1시간 후에 장미화 외교부 장관을 면담하기로 했습니다. 자국민 구출 방안에 대해서 논의하고자 합니다. 재작년에 기획한 '대피방안'을 실행시키려면 대한민국 정부의 허가가 필수적입니다."

"알고 있네. 자네가 기획한 방안에 대해서는 오전에 이미 내가 장미화 장관에게 요청을 해놓았네, 방금 청와대에서도 아마 이 사안을 가지고 논의를 했을 것 같아. 어떤 결과가 나올지는 아직 확신할 수 없지만, 일단 한국정부의 승인을 얻으면 모든 실무적인 사안은 부대사에게 일임하겠네."

"네, 부장님. 아마 한국정부는 중국의 개입여부와 대응방안에 대해 궁금해 할 것 같은데, 혹시 '중난하이'(중국의 청와대에 해당)에서 결정된 사항이 있습니까?"

"아직 결정된 사항은 아무것도 없네, 미국이 어떤 방식으로 개입을 할지 알 수 없는 이상, 우리 쪽에서도 딱히 입장을 표명할 거리가 없지. 이 지역의 질서와 안녕을 원한다는 이야기만 반복해야지. 미국의 항모전단이 한반도로 향하고 있지만, 핵시설에 제한적인 외과수술식의 폭격을 할지, 아니면 재래식 무기로 전국의 주요 거점을 폭격할지, 혹시라도 핵 폭격을 감행할지에 대해서 미국 측에서도 아직 입장이 정립이 된 것 같지는 않아. 지상군 투입 규모도 여전히 불분명하고, 자네가 장 장관에게 의도를 타진한 후에 보고하도록! 일단 자국민 대피에 최선을 다하고 이쪽에 새로운 정보가 들어오는 즉시 공유하도록 하겠네."

"네, 부장님 알겠습니다."

정홍종 부대사는 전화를 끊고 잠시 생각에 잠겼다. 그러나 그 다음 일을 위해서 발걸음을 재촉했다.

"장관님, 오랜만입니다. 우리는 즐거운 일로 뵌 일이 없는 것 같네요."

정홍종 부대사가 장관실로 들어서며 이렇게 허두를 뗐다.

"나중에 퇴직하면 편하게 볼 날이 있겠지요? 호호."

장미화 장관이 자리를 권하며 자신감이 넘치는 말투로 대답했다.

"왕이 부장님께서 대략적인 이야기는 하셨다고 들었습니다."

정홍종은 앉자마자 바로 결론으로 들어갔다.

"네, 맞아요. 방금 이 문제로 청와대에서 논쟁이 있었습니다."

"아, 그런가요? 결과는 어떻게 되었나요?"

"실망시켜드려 죄송하지만 아직 확실하게 정해진 것이 없습니다. 합참의장과 군부 측의 반발이 몹시 심해요. 그런데 대형 크루즈 선박 5대를 동원해서 자국민을 급변사태에 탈출시킨다는 계획은 언제 세우신건가요?"

"한국에 부임하고 얼마 후에 영화 〈국제시장〉을 보고 아이디어를 얻었습니다."

"중국군 개입으로 발생한 장진호 전투 때문에 생긴 흥남부두 철수작전에서 아이디어를 얻었다고요? 참, 아이러니 하군요."

장 장관은 살짝 적의를 띤 웃음을 지으면서 말했다. 사실 정홍종의 작전이라는 것은 전혀 어려울 것이 없었다. 16만 톤급 크루즈선 5대를 파견하여 자국민을 대피시키자는 것이다. 이 배들은 중국 국영관광사 소속이기 때문에 비상상황 발생시 중앙 정부의 명령에 따르도록 되어 있다. 2년 전 매뉴얼을 작성하여 정부와 국영관광사는 이미 관련 논의를 완료한 사안이었다.

"그리고 장관님이 부탁할 게 있다고 하셨는데, 그게 무엇인가요?"

정홍종은 호기심을 감추지 못한 채 물었다. 만만한 일 같으면 서로 편의를 봐주는 것이 외교 관례가 아닌가.

"사실 이 일과 관련된 사항입니다. 단도직입적으로 말하죠. 우리 정부가 중국 측의 크루즈선 입항을 허가하는 대신 한국에 있는 일본인도 모두 그 배에 태워주시기 바랍니다. 현재 약 7,000여 명으로 파악되고 있습니다."

"일본인이요? 왜 이야기가 그렇게 돌아가는 건가요?"

"오늘 아침 일본 외무성에서 연락이 왔습니다. 부산과 인천항에 크루즈선을 보내 자국민을 대비시키겠다고요"

"저희 측과 똑같은 계획이군요!"

"그런데 여기에는 매우 복잡한 문제가 있습니다. 한반도 상황이 불안해서 크루즈선 만으로는 위험하다며 자위대의 구축함과 이지스함을 동시에 대한민국 영해에 파견한다고 하더군요. 호위를 명분으로 삼아서요."

"자국민 구조가 목적이 아닐 수 있겠네요."

"그렇습니다. 아직 헌법 개정이 이루어지지 않았지만, 일본 측은 인도적 개입이라는 명분으로 타국에 개입하는 실제 사례를 원하는 것 같습니다. 우리 측이 이를 거부하자 일본인을 대피시킬 수 있는 현실적인 방안을 마련해달라고 요구하더군요. 말이 요구이지 거의 협박에 가깝죠. 미국도 그것을 거들고 있고요"

"그렇다면 미국은 북한 공격에 일본의 자위대까지 끌어들이겠다는 건가요? 지금 상황에서 자위대 전함을 한반도에 배치하는 것은 상황을 악화시키는 것 아닙니까? 예상을 못했던 바는 아니지만, 그렇다고 우리가 원하는 바는 결코 아니군요. 아마 자위대가 들어온다면 중국해의 함대들도 한반도에 보다 가까이 밀착할 것이 분명하고요. 미국이 정말 이것을 요구한 건가요?"

"그렇지는 않습니다. 일본과 잘 협상하기를 바란다는 원론적 입장입니다. 군사작전과 관련된 이야기는 아니었습니다. 오해하지 말아주세요."

"그렇습니까? 그렇다면 저희가 일본인을 승선시켜 일단 상해로 대피시키도록 하겠습니다. 안전은 저희 측에서 확실히 보장합니다. 저희는 크루즈 선박만 배치하며 영해에 들어올 때 대한민국 해군의 지시에 따라 움직이도록 하겠습니다. 사실 승선한 선원들도 군과 안전부 출신이고 기관총으로 무장하고 있습니다만 일단 무장을 해제시키도록 하겠습니다. 그렇게 어려운 부탁은 아니군요."

"감사합니다. 정흥종 부대사님, 크루즈 선박의 예상 도착시간은 언제 입니까?"

"네 지금으로부터 36시간 후에 인천항과 부산항 그리고 평택항에 입항할 수 있을 겁니다. 그 시각까지 일본인들을 항만으로 보내주시기 바랍니다. 이것으로 일본과 합의가 잘 되기를 바랍니다."

"역시 이럴 때는 일당 국가가 훨씬 빠르게 움직이는군요!"

장 장관의 말을 귓등으로 들으며 정흥종은 다음 사안으로 넘어갔다.

"그럼 대통령의 허가는 언제쯤 나올까요? 군부를 설득할 수 있을까요?"

"호호호. 왜 그래요? 우리가 아마추어입니까? 우리가 카드를 다 보여주고 허심탄회하게 이야기할 사이는 아니지 않습니까? 이 방안으로 정 부대사와 협상을 하라는 명령을 받았습니다. 걱정하실 것 없습니다."

"아, 그렇습니까?"

정홍종 부대사는 장관의 말에 살짝 기분이 언짢았지만 일단 가장 급한 불을 껐다는 생각에 안도의 한숨을 내쉬었다. 사실 구출작전은 매우 간단한 것이다. 어려운 것은 바로 이것을 정치적으로 풀 수 있는 설득력과 기술력 그리고 신뢰를 구축하는 문제이다.

"다섯 척의 배로 8만 명 정도를 운송할 수 있다니, 덩케르크 작전보다 더 규모가 크겠군요? 민간인들을 태우는 데 걸리는 시간은 얼마 정도로 예상하십니까?"

"글쎄요. 탑승시간은 선박 1척당 약 4시간 안팎일 것 같습니다. 남은 기간 동안 40만을 대피시킨다 해도 서울을 탈출하지 못한 중국인들이 제법 많은데, 이 문제에 대해서는 내부 방침이 정해지는 대로 연락드리겠습니다."

"그 사안은 외교적 문제가 아닌 것 같으니, 행정안전부에 문의하시기를 바랍니다."

장미화 장관은 다소 까칠하게 대답했다.

"알겠습니다. 말씀드리기가 매우 송구스럽습니다만, 미국 측이 폭격을 시작하거나 트럼프 대통령이 공식적으로 선전포고를 하면 '전시작전권'이 이양되지 않습니까? 그러면 대한민국 국군이 주한미군사령관의 명령을 받게 되는데, 그런 상황이면 대한민국정부는 통제력을 완전히 상실하는 것 아닙니까? 대비책은 있으십니까?"

정홍종 부대사도 약점을 후벼 파듯 '전시작전권'을 운운했다.

"물론 있습니다. 다만 국가기밀이라 말씀 드릴 수 없는 점 이해해주시리라 생각합니다."

장관은 자신감이 넘치는 표정으로 대답했다.

"사실을 말씀드리자면, 대한민국, 미국, 일본, 중국, 러시아 그리고 북한 모두 허둥지둥하는 형국입니다. 모두 가슴을 졸이고 있어요. 이런 상황일수록 용기를 잃지 않고 현상을 정확하게 보는 것이 중요합니다. 이건 저와 정 부대사 그리고 관련국들 모두에게 해당되는 말입니다."

"저도 그렇게 생각합니다. 도움을 주셔서 정말 감사합니다. 조만간 뵙겠습니다."

"이 상황이 마무리되기 전까지는 매일 만날 수도 있겠네요."

돌아서는 정홍종의 뒤통수에 장미화 장관의 말이 날아와 박혔다.

5

호텔스테이

'전쟁만 아니라면, 꿈이 이루어진 게 아닐까?

이렇게 해보고 싶었는데…'

중국으로 돌아가기로 한 사람들은 집 근처 가까운 항구로 향했다. 남기로 결정한 사람들 중에서 시골에 결혼 이주한 친척이 있는 중국인들은 시골로 가기로 했다. 그도 저도 확실하게 결정하지 못한 중국인들이 서울 시내 한복판으로 모여들기 시작했다. 명동에 있는 중국 대사관 앞은 장소가 협소해서 부득이 서울 시청 앞으로 모임장소를 변경하게 되었다. 대다수 서울 시민들이 빠져나갔기 때문에 서울은 한산했다. 게다가 아직까지 전철이나 버스가 운행되고 있었기 때문에 정말 쾌적하고 살기 좋은 서울을 만끽할 수 있는 기회였다. 마치 명절 연휴를 맞아 많은 사람들이 고향을 향해 떠나고 나면 '저 사람들만 올라오지 않으면 서울은 정말 살기 좋은 도시가 될 거야.'라고 했던 것처럼 쾌적하고 여유로운, 매우 이상적인 대도시 풍경이었다.

불과 이틀 사이에 수만 명의 중국 인민들이 서울 시내 한복판으로 모여들었다. 대통령은 특별 명령을 내려 한국에 남기로 한 중국인들이 서울 시내의 비어 있는 호텔을 사용할 수 있도록 지시했다. 호텔에 머물며 새로운 운송수단이 마련될 때까지 기다리라는 배려였다. 중국에서 특별기들이 운행될 수도 있고 새로운 배편이 마련될지도 모른다. 중국이 어떤 대책을 세울 때까지 숙박을 제공하자는 뜻이었다.

미국인과 일본인을 비롯한 외국인들이 철수하느라 평소에 사용하지 않던 무안공항이나 양양공항까지 모든 공항이 풀가동되고 있었다. 전국에 있는 모든 공항을 다 가동한다 해도 운송할 수 있는 인원은 한정될 수밖에 없다. 어쩔 수 없이 발이 묶인 외국인들을 위해 호텔을 아주 싼 가격에 개방하는 것이다. 단, 시설을 깨끗하게 유지해야 하고 질서유지 차원에서 가족단위로 1실을 배정하는 것을 원칙으로 했다. 거의 모든 식당이 문을 닫았기 때문에 식사를 제공하는 대가로 1인당 하루 2만 원을 사용료로 내도록 했다. 앞으로 미래가 불확실한 상황에서 며칠 동안 중국인들을 편하게 쉬도록 하는 조치였다. 호텔 측에서도 만일 전쟁이 나면 잿더미로 변해버릴 건물, 물건만 훼손하지 않는다면, 이라는 단서를 달아 사용하도록 허락했다. 어차피 호텔은 취사가 안 되니 잠만 잘 수 있는 장소가 아닌가.

롯데호텔, 조선호텔, 플라자, 코리아나, 프레지던트, 메리어트, 더 디자이너스 호텔 등 시청 근처와 광화문 일대에 호텔들이 상당히 많았다. 더구나 남대문 일대와 서울역, 남산 근처에는 힐튼과 하얏트, 반얀 트리 그리고 신라호텔 등등 일일이 헤아릴 수 없을 정도로 많은 고급 호텔이 있었다. 동대문 일대와 강남, 영등포 일대는 물론이고 서울을 벗어난 외곽에는 중국인 관광객을 상대하던 호텔들이 즐비했다. 일급 호텔이 아니더라도 종로 일대의 수많은 비즈니스호텔과 레지던스, 게스트하우스 등 숙박할 수 있는 곳은 차고 넘쳤다.

중국에서 온 조선족 노동자 장 씨 가족은 플라자 호텔에 방 하나를 배정받았다. 그림의 떡으로만 보였던 플라자 호텔, 무궁화가 5개가 붙어 있는 고급 호텔이다. 그 곳 특실에서 하루저녁 잠을 자려면 가난한 중국 노동자 한 달 월급을 거의 다 털어 넣어야 하는 비싼 호텔이다. 중국인 노동자는 물론이고 대부분의 한국 사람들도 평생 들어가 보지 못하는 호텔이 아닌가. 4인 가족이 하루에 8만 원으로 꿈의 호텔에서 잠을 자고 먹을 수 있었다. 아마 더 비싼 값을 치르더라도 그는 플라자 호텔을 택했을 것이다. 앞 일이 불투명한 이 마당에 돈을 지니고 있은들 무슨 소용이 있다는 말인가. 침대가 부족하면 바닥에라도 눕겠다는 심정으로 기어코 그 방을 배정받았다.

플라자 스위트 룸, 거대한 침대가 있고 소파까지 놓여 있는 고급스런 방이었다. 창문이 두 면으로 나 있어서 서울 시내를 내려다 볼 수 있는 아름다운 전망을 가지고 있었다. 시청 광장이 발아래로 까마득하게 보이고 시청 건물이 눈 아래로 들어왔다. 인왕산이 건물들 사이로 이마를 내밀고 있었고 북한산은 경복궁 뒤편에 온전한 모습으로 서 있었다. 광화문을 따라 경복궁이 멀리 보이고 무엇보다 덕수궁은 마당까지 샅샅이 살펴볼 수 있을 정도로 한눈에 들어왔다. 예전에 도로 한 가운데 있었던 대한문은 1968년, 사람들이 손으로 밀어서 현재의 자리로 옮겨져 오랜 영욕의 역사를 말 없이 다 굽어보고 있었을 것이다.

조선 왕조의 마지막 궁궐이라는 비장감을 지닌 덕수궁이다. 임진왜란 때 피난 갔던 선조가 돌아와 보니 경복궁, 창덕궁, 창경궁이 모두 불에 타 없어져 버렸다. 그 바람에 월산대군 후손이 살던 이 집에 선조가 머물게 되면서 경운궁의 역사는 시작되었다. 임금이 살면 궁궐이 아닌가. 세월이 흘러 명성왕후 시해사건을 겪은 고종이 경복궁을 떠나 이곳으로 환궁하면서 덕수궁은 조선 왕조의 마지막 법궁이 되었다. 그리고 대한제국을 선포하면서 황궁으로 격상되었지만, 13년 만에 대한제국은 막을 내리고 고종황제가 강제로 퇴위 당하는 모습을 지켜본 비운의 궁궐이다. 그 뒤를 이은 순종황제가 덕에 의지하여 장수하시라고 아버지 고종께 덕수궁德壽宮이라는 이름을 지어 바쳐서 오늘날 그렇게 불리게 되었다고 한다.

대통령의 특별 명령으로 군부대의 취사병들이 중국인이 묵고 있는 호텔에 배정되었다. 식사 시간이 되면 층별로 차례차례 식당에 내려가 식사를 하게 되어 있었다. 취사병들은 호사스럽지는 않지만 정성껏 식사를 만들어 대접했다. 호텔의 보안을 맡은 이와 취사병들을 제외하면 호텔은 완전히 중국인들로 가득했다. 밖의 경치만 바꾼다면 중국이라고 해도 될 것 같았다. 아이들은 밥을 먹고 시청 광장에 나가 마음껏 뛰어 놀았다. 차도 별로 다니지 않고 말리는 사람도 없으니 시청 앞 넓은 잔디는 철없는 아이들의 좋은 놀이터가 되었다. 아이들은 공을 따라 이리저리 우르르 몰려다닌다. 그 넓은 푸른 잔디를 마음대로 밟고 다녀도 말리는 사람이 없었다.

대한문도 활짝 열려 있었다. 인근 호텔에서 묵고 있는 중국인들은 밥을 먹고 하릴없이 나와서 걸어 다녔다. 아무리 호텔이 좋다고 해도 하루 종일 방안에 갇혀 있기는 답답한 노릇이었다. 시청 앞은 물론이고 조선호텔 쪽으로 해서 중국 대사관 앞까지 갔다 오기도 하고, 상인들이 빠져나가 조용해진 남대문 시장 근처에 다녀오기도 했다. 사람들로 왁자하게 붐볐던 시장

통이 쥐죽은 듯 고요했다. 상인들은 가게 앞에다 포장 막을 치고 문을 닫아 놓았다. 텅텅 비어 있는 시장을 보니 서늘한 느낌이 등골을 타고 흘렀다. 발걸음을 돌려 높이 솟은 롯데호텔의 로비에 들어가려고 하니 지키고 있던 군인이 임시 출입증을 보자고 한다.

"자기가 속한 호텔만 자유로 드나들 수 있습니다."

거수경례를 붙이며 군인은 부드럽지만 단호하게 말했다. 장 씨는 알았노라고 고개를 끄덕이며 시내를 이리 저리 돌아다녔다. 모처럼 얻은 휴가라고 애써 생각하기로 했다. 관광객이 되어 여기 저기 발길이 멈추는 대로 기웃거리며 평소에 가보지 못한 곳을 구경하는 호사가라고 상상하는 것이다.

'전쟁만 아니라면 이게 꿈인가, 생시인가.'

좋게 생각하려고 마음만 먹어도 가려졌던 좋은 면이 보이는 법이다. 그는 많은 사람들 속에 파묻혀 덕수궁 안으로 들어가 보았다. 무엇이 그리 바빴는지 그 흔한 경복궁이며 덕수궁 나들이도 제대로 해보지 못했다. 그동안 서울 구경이라고는 청계천 근처에 와서 사진을 하나 찍었을 뿐, 되새길 것도 없는 초라한 기억뿐이었다. 나중은 어찌 되든, 지금은 여유로운 관광객이 되어보기로 했다. 장 씨는 아내와 함께 고종이 거하던 곳을 천천히 거닐었다.

궁궐이라지만 자금성에는 대볼 수도 없고 서울 시내의 다른 궁궐과 비교해도 너무 작은 규모였다. 마치 도시 안에 있는 작은 정원 같았다. 그러나 원래는 지금보다 세 배 정도 더 큰 규모의 궁궐이었다고 한다. 일부는 학교 부지로 내주고 또 길을 넓힌다고 도로로 떼어주고 남은 것이 지금의 덕수궁이란다.

텔레비전 드라마에서 보았던 것처럼 덕수궁 바깥 돌담길을 따라 걸었다. 대한민국 청춘 남녀들의 가장 유명한 데이트 코스라고 불리는 덕수궁 돌담길이다. 언젠가 꼭 한번 걸어보고 싶던 길이었다. 벚꽃은 지고 없었지만 연녹색으로 돋아난 새싹들이 적당한 그늘을 만들어 주었다. 장 씨는 마치 영화의 한 장면 속에 들어와 있는 것 같았다.

그는 아내와 함께 중랑구 변두리의 중국 음식점에서 일하고 있었다. 처음에는 배달부로 들어갔고 지금은 주방장이 되었다. 주방에서 일하던 아내와 힘을 합해 쉬지 않고 일해 온 나날이었다. 한 달에 두 번 쉬는 휴일에는 정신없이 잠에 곯아 떨어졌기 때문에 구경을 가고 싶은 마음도 여유도 없었다. 열 몇 시간을 죽은 듯 자고 일어나야 또 보름치의 일을 감당할 힘을 얻을 수 있었다. 그렇게 살다보니 여행은 고사하고 극장 구경 한 번을 제대로 하지 못했다.

그들은 이 기회에 하고 싶었던 일들을 하나씩 해보기로 마음먹었다. 중국인들을 왜 서울로 모이라고 했는지 알 수 없지만 남이 해준 밥 먹으면서 고급 호텔에 묵는 것도 나쁘지 않았다.

마치 신혼여행을 온 기분이었다. 아내와 손을 잡고 덕수궁 돌담 길을 걸으면서도 이게 현실인지, 꿈인지 아리송했다.

'전쟁만 아니라면, 꿈이 이루어진 게 아닐까? 이렇게 한 번 해보고 싶었는데….'

이순신 장군과 세종대왕 동상이 저 멀리 보인다. 대한민국의 역사에서 가장 위대한 두 분이라고 했다. 장군은 칼을 들고 앞에 서 있고 대왕께서는 인자한 얼굴로 뒤에 앉아 있다. 만일 핵미사일이 날아오면 세종대왕과 이순신 장군의 동상도 남아나지 못하겠지. 그리고 대한민국과 조선민주주의 인민공화국의 역사는 어떻게 될까? 예측할 수 없는 방향으로 불똥이 튀어 미국과 중국 사이에 전쟁이 터지고, 핵폭탄이 태평양을 오가다가 인류 전체가 멸망하는 것은 아닐까. 중국은 우리를 구하기 위해 도대체 어떤 정책을 세우고 있는 것일까? 왜 한국인들이 비워버린 서울에 우리를 불러 모았단 말인가? 이해하지 못할 일은 많았지만 어차피 짧은 기간 동안 이 많은 인구가 중국으로 무사히 빠져나가기는 힘들 것이다. 여기에 불러 모은 것을 보면 무슨 비책이 있을 듯도 싶었다.

플라자호텔 시청 앞, 수많은 차들이 오가던 10차선 넓은 길은 텅 비어 있다. 서울 시민들은 다 어디로 갔나. 그들은 다 서울을 떠났는데 우리는 왜 여기에 있나. 북한에서 핵폭탄을 터뜨린다고 하는데 어디에다 던질 것인가? 청와대와 정부종합청사,

서울 시청과 미국대사관이 있는 이 일대가 핵미사일이 날아올 1번지 아닌가?

몸은 편했지만 마음은 불편한 하루하루였다. 다음 날 중화인민공화국 국민인 조선족 장 씨는 남산으로 산책을 갔다. 아내는 호텔에 남아 쉬겠다고 했다. 세계에서 손꼽는 명품 침대라는 설명에 그 침대에서 오래 누워 있고 싶다고 했다. 아내 역시 오랜만에 얻은 휴식을 즐기고 싶었나 보다. 아이들은 하루 종일 텔레비전을 보며 즐거워했다. 남산 역시, 한국에 와서 꼭 한 번 와보고 싶었지만 먹고 사는 일과 돈벌이에 쫓겨 실행하지 못했다. 언젠가 가보리라 생각만 했던 장소였다. 케이블카는 운행이 중단되었고 남산 타워 올라가는 입구도 문이 잠겨 있었다. 남산 꼭대기에서 내려다보니 서울 시내가 한 눈에 들어왔다.

천만 명 인구를 가진 서울특별시의 화려하고 웅장한 모습에 눈이 부셨다. 전 세계의 도시 가운데 고층 아파트가 가장 많은 도시답게 강 건너 쪽으로 아파트 단지가 끝없이 이어지고 있었다. 창문 하나가 검은 점처럼 보이는 집 한 채의 가격이 보통 10억 원이 넘는다는 강남, 그 곳에 사는 사람들은 지금 어디에 있을까? 이 화려하고 아름다운 서울은 온전히 보전될 수 있을까? 저 아파트에서 대한민국 성공의 신화를 일구었던 사람들은 다시 돌아올 수 있을까? 지금 그들은 다 떠나갔다. 조선족 중국인이 머물고 조선족 중국인이 지키는 서울시는 이미 조선족 중국의 도시가 된 것이 아닐까? 여러 가지 상념들이 장 씨의 머리를 넘나들었다.

다음 날 정홍종 부대사가 조선족 중국인 중요 지도자들을 명동의 대사관으로 소집했다. 여러 사람이 모인 가운데 그는 침통하게 입을 열었다.

"여러분, 우리가 이 곳 서울에 버티고 있는 한, 북한에서 여기에다 핵폭탄을 쏘지는 못할 것입니다. 수만 명이나 되는 우리 중국인들이 죽으면 김정은도 머리가 아플 것입니다. 정작 대한민국 사람들은 다 빠져나갔습니다. 그러나 우리가 여기 있는 한, 시진핑 주석께서 김정은에게 핵폭탄을 쏘지 못하도록 압력을 넣을 것입니다. 중화민국 백성이 맥없이 죽도록 보고 있지는 않을 것입니다. 그러니 우리가 이 전쟁이 끝날 때까지 여기 머무는 것이 어떻겠습니까? 사실 지금 빠져나갈 길도 마땅치 않습니다. 우리가 합심해서 여기에 머문다면, 어쩌면 이 전쟁을 막을 수도 있습니다."

그 말이 끝나자마자 누군가 핏대를 올리며 물었다.

"그러면, 우리가 볼모로 잡혀 있는 것입니까?"

"우리가 총알받이란 말이요? 만만한 우리더러 인간 바리케이드가 되라는 말이요?"

호텔스테이

93

누군가 격한 음성으로 소리를 쳤다.

"그것이 아닙니다. 우리는 위대한 중화민국의 국민이기 때문에 김정은이 감히 우리를 건드릴 수 없다는 말입니다."

정홍종은 최대한 부드러운 음성으로 차분하게 대답을 했다.

"마찬가지로 지금 달려오고 있다는 미국도 우리 때문에 함부로 전쟁을 일으키지 못할 것입니다. 우리를 완전하게 피신시킨 후에 전쟁을 하든지, 협상을 해야 할 것입니다. 그것을 이용해서 우리가 시간을 벌어주든가 아니면 전쟁을 막을 수 있다는 말입니다. 우리는 지금 역사의 위대한 갈림길에 섰습니다. 여러분 어떻게 하시겠습니까? 언젠가 한 번은 죽을 목숨, 이 목숨을 걸고 위대한 역사를 함께 만들어 보지 않겠습니까?"

정홍종 부대사의 연설을 들은 중화인민공화국 조선족 중국 인민들이 수런거렸다. 개중에는 고개를 끄덕이는 사람들도 있었다.

"우리는 중국 국민이지만 모국은 대한민국입니다. 대한민국과 중국이 전쟁을 한다면 나는 솔직히 중국 편에 설 것이요. 하지만 지금은 그런 상황이 아니니 않습니까? 어머니의 나라 모국이 어려움에 처했는데 어찌 모른 척 하겠소? 또 모국이 잘 살게 되어 그동안 움츠렸던 우리가 어깨를 펴고 살지 않았소?"

"대한민국 덕분에 우리가 여기 와서 돈을 벌게 되었고 또 중국에 있을 때도 대한민국이 발전하고 있기 때문에 우리 어깨가

으쓱하지 않았습니까? 그럽시다. 우리가 도움이 된다면 이곳에 머물도록 합시다."

"어차피 생활의 기반이 다 여기 있는데 설사 중국에 돌아가더라도 당장 살 길이 막막합니다. 여기서보다 더 고달프게 일해야 합니다. 서울 한복판의 고급 호텔에서 며칠만 푹 쉬도록 합시다. 이 좋은 호텔에서 편안히 잠자다가 핵폭탄 맞아 죽는다면 그것도 운명이니 할 수 없지요."

"우리들 덕분에 핵폭탄이 날아오지 않고 전쟁이 일어나지 않는다면 한국 대통령이 가만히 있겠습니까? 우리 집집마다 5만 원짜리 돈다발 한 뭉치씩 나누어 주지 않겠습니까?"

5만 원 돈다발 이야기가 나오자 사람들이 와하고 웃음을 터트렸다. 웃음은 긴장을 와해시키는 힘이 있다. 일단 웃고 나자 분위기는 한층 부드러워졌다.

"그럽시다. 이번 일만 성공하면 그동안 어색했던 한국 사람들과의 관계도 더 좋아질 것이오. 며칠 버티다 안 되겠다 싶으면 그 때 탈출할 기회를 만들면 되지요. 그동안 중국 정부에서도 방책을 세울 것입니다."

박수를 치고 웃으며 회의를 마쳤지만, 회의를 끝내고 각자의 처소로 흩어가는 그들의 표정은 긴장과 두려움과 걱정의 그림자로 복잡했다.

6

트럼프와 시진핑

"시 주석님! 미국은 이런 좋은 기회를 놓치지 않을 겁니다.

좋은 소식 기다리겠습니다."

베이징 시진핑 주석 사무실. 얼마 전 공산당 대회에서 시진핑 사상까지 논의되었던 시 주석은 마오쩌뚱의 계열에 오른 중국의 1인자가 되어 있었다. 그는 중국을 그야말로 중화민국, 세계의 대국으로 만드는 꿈에 부풀었다. 시진핑 주석의 큰 소리가 사무실 밖에까지 흘러 나왔다.

"무슨 소리야? 우리 인민들이 서울에서 나오지 않는다고? 한국 대통령이 우리 인민을 볼모로 잡은 것 아니야?"

"그게 아니랍니다. 자기들이 스스로 나오지 않기로 했답니다. 한국 대통령이 제공한 서울의 좋은 호텔에서 호강하면서 지낸답니다."

"허, 별일이야. 조선족들이 주동해서 그렇게 하는 건가?"

"꼭 그렇지는 않습니다. 물론 조선족들이 가장 많기는 하지만, 그동안 한국인과 결혼한 한족 여인들도 많고 또 사업상 한국에 가서 살던 우리 한족 인민들도 상당수라고 보고받았습니다."

"그러나 저러나 그 중에 아무리 조선족이 많다 해도 그들도 우리 중화인민공화국 인민인데 핵폭탄을 맞아 몰살해서는 안 되지. 빨리 평양으로 전화를 연결해주시오."

"아, 시진핑 주석이십니까? 북조선국무위원회 위원장, 김일성 수령님의 손자, 김정일 위원장의 아들 김정은입니다."

"무슨 이름이 그렇게 길어요? 김정은 위원장, 잘 들으시오. 우리 중국 인민 수만 명이 현재 서울 한 복판에 있단 말이오. 지금 미군 해군 함정들이 달려오고 있다는 소식을 듣고 있는데, 대체 어쩔 작정이오? 그만큼 알아듣게 말했는데, 왜 하와이에 미사일을 쏴 가지고 이런 사단을 만드냔 말이오?"

"그건 지난 번 말씀드린 대로 실수였단 말입니다. 그런데 미국놈들이 실수라고 말을 했는데도 꼬투리를 잡았다 싶은지 저렇게 나오고 있습니다."

김정은이 떨떠름하게 대답했다.

"트럼프 대통령 성질을 몰라서 그럽니까? 하여튼 우리 중국 인민들이 안전하게 모두 철수할 때까지 서울을 건드리지 말란 말이오. 그리고 내가 트럼프와 이야기를 해 볼 테니 제발 얌전하게 있으시오. 우리 인민들 다 빠져 나오기 전에는 핵폭탄은 물론이고 서울까지 날아가는 장사정포도 절대 쏘아서는 안 됩니다."

"알았습니다. 그런데 미국놈들이 동해로 들어와서 우리를 공격하면 어떻게 합니까? 미사일이 아니면 미국놈들을 당할 수가 없는데요."

"허허 젊은 사람이 미국놈, 미국놈 하지 마시오. 그런 본새 없는 말을 자꾸 하다 보니까 일이 이 지경이 된 것 아니오. 내가 트럼프 대통령하고 통화해서 어떻게든 대책을 세워 보겠소."

수화기를 내려놓으면서 시진핑 주석이 중얼거렸다.

'젊은 사람이 철이 없어 가지고는… 말끝마다 미국놈을 들먹이기는….'

김정은과 통화를 마친 시진핑 주석은 즉시 미국 대통령에게 전화를 연결했다.

"트럼프 대통령님, 저 시진핑입니다."

시진핑 주석은 자세를 한껏 낮춰서 겸손한 목소리로 인사를 했다.

"어허, 나랏일에 바쁘신 분이 무슨 일로 전화를 하셨습니까? 인도India와 국경문제는 잘 풀리고 있나요? 나라가 크면 그만큼 머리 아픈 일이 많단 말입니다."

생각해 주는 것인지, 비아냥거리는 것인지 모를 트럼프의 말을 시진핑 주석은 잠자코 듣고 있었다.

"게다가 중국은 주변에 국경을 맞대고 있는 나라가 너무 많아요. 21세기 광명 천지에 차르가 되려고 안달하는 푸틴이 다스리는 러시아가 북극곰처럼 엉큼하게 내려다보고 있고, 지금도 800년 전의 칭기즈 칸을 팔아먹으면서 세계를 지배하는 나라였다는 자존심 하나로 똘똘 뭉친 몽골이 옆구리에 있지요. 중국처럼 인구를 자랑하면서 갠지스 문명의 등불이라는 자부심으로 가득 찬 인도가 있는가 하면, 옛날 제갈공명도 달랠 수밖에 없었고 우리 미국 역사의 자존심을 뭉개버린 베트남도 있지요. 또 중국의 전통 문화나 한자 문명과는 아무런 역사적 관련성이 없는 '칸' 자 들어가는 나라들이 여럿 국경을 맞대고 있지 않습니까?"

"대통령님은 참 아는 것도 많으십니다."

시진핑 주석이 트럼프의 말을 끊고 본론으로 들어가려 했으나 남의 말에 개의치 않는 트럼프 대통령은 자기 말을 계속했다. 시진핑 주석은 사안이 사안인지라 한 번 더 참고 나머지 이야기를 듣기로 했다.

"키르기스스탄, 타지키스탄, 아프가니스탄, 파키스탄 맞죠?. 거기에다 만만하게 대할 수 없는 라오스, 미얀마, 그리고 바다를 놓고 다투는 필리핀이 있지 않습니까? 악질 북한에 대해서는 더 이상 말하지 않겠습니다. 거기다 대만과 티베트가…."

그 대목에서 시진핑 주석이 발끈했다.

"트럼프 대통령, 그런 말씀 마세요. 대만과 티베트는 우리 중화인민공화국이지 국경을 맞댄 다른 나라가 아닙니다."

은인자중, 참는 것에 이력이 있는 시진핑 주석은 평정심을 잃지 않았지만 내용은 확실하게 전달했다.

"아이구, 죄송합니다. 세계의 많은 사람들은 대만과 티베트를 다른 나라로 생각하거든요. 제가 깜박했네요. 사과하겠습니다. 어쨌든 대만과 티베트는 그만두고라도 중국은 너무 많은 나라들과 국경을 맞대고 있어요. 그러니 신경 쓸 일이 얼마나 많겠습니까? 우리 미국은 캐나다와는 사이좋게 지내고 있으니 별 문제가 없고, 멕시코 한 나라와 국경을 맞대고 있는데 그것도 머리 아픈 일이 많다니까요. 하물며 중국은 얼마나 더 힘드시겠습니까?"

"이해해 주시니 감사합니다."

시진핑 주석은 어느 대목에서 말을 끊어야 할지 고심하면서 그 다음 대화 내용을 생각하고 있었다.

"중국어를 사용해도 말이 통하지 않는 곳이 있다면서요? 그래서 중국 TV에서는 중국어를 말하면서도 한자 자막을 내보낸다는 말을 들었습니다. 베이징어, 광둥어, 상해의 우어 등 차이가 많이 난다면서요? 서로 말까지 다른 나라를 잘 통치하시니, 시진핑 주석께서는 대단하십니다.”

트럼프 대통령이 그 특유의 목소리로 너스레를 떨면서 언어 문제까지 언급했다. 사실 광둥어와 만다린어 사이에 소통이 안 되는 면이 있는 것은 사실이지만 표준 교육이 실시되면서 점차 해결되어 가고 있는 사안이었다.

“별 말씀을 하십니다. 중국에는 여러 소수 민족이 있지만 다행히 하나로 뭉쳐 있습니다. 인종 갈등에다 총기사고까지 자주 일어나는 미국의 트럼프 대통령에 비하면 저는 아무것도 아닙니다. 미국은 4종류의 국민이 사는 나라라서 참 어렵다면서요? 유로피안 아메리칸, 아프리칸 아메리칸, 아시안 아메리칸 그리고 히스패닉 아메리칸, 이렇게 4개의 주류가 있어서 서로 화합하는 것이 쉽지 않다면서요? 우리는 밖으로 국경이 많지만 미국은 안으로 국경이 많지 않습니까? 대통령께서나 저나 큰 나라를 다스리기 어려운 것은 마찬가지 아니겠습니까?

시진핑 주석은 노인이 젊은이를 다루듯 점잖게 한 방 먹였다. 그런데 이 말을 들은 트럼프 대통령의 반응이 의외였다.

“시 주석께서 참으로 좋은 말씀을 하셨습니다. 어떻게 하면 나라를 잘 다스릴 수 있을까요? 솔직히 저는 사업하는 것과 트위터 이용하는 재주 밖에는 없습니다. 무슨 좋은 방안이 있을까요?"

솔직하고도 어이없을 만큼 순순한 대답에, 반격을 예상했던 시진핑 주석이 오히려 당황했다. 트럼프 대통령은 롤러코스터를 타듯, 참 예측할 수 없는 사람이라는 것을 다시 한 번 느끼게 되었다.

"평화를 이루면 되지 않겠습니까? 인종과 피부색과 계급이 달라도, 아니 미국 사람들은 계급이라는 말보다 계층이라는 말을 더 좋아한다고 들었습니다. 좋아요, 계층과 문화가 달라도, 서로 인정하고 사이좋게 지내면 되지 않겠습니까? 대통령께서는 늘 '아메리카 퍼스트, 아메리카 퍼스트' 하시는데, 그 말씀도 이제 그만 하시면 좋겠습니다. 지구상에서 아메리카가 퍼스트라는 것을 모르는 사람이 어디 있습니까? 퍼스트 나라답게 평화롭게 세계를 섬기시면 좋겠습니다."

약간 가시 돋친 시 주석의 말에도 트럼프는 크게 괘념치 않는 것 같았다.

"사실, 우리 미국도 지금 힘이 많이 떨어졌습니다. 아메리카 퍼스트! 를 외치면서 자신감을 주어야 합니다."

트럼프의 솔직한 말에 시 주석도 긴장감이 살짝 풀어졌다.

"서양 사람들은 '노블리스 오블리제' 라는 말을 좋아한다면서요. 자기 나라 안에서만 '노블리스 오블리제'를 외치지 말고 전 세계 여러 나라를 다루실 때도 '노블리스 오블리제'를 적용하시면 좋을 듯합니다. 그러면 미국에는 물론이고 온 세계에도 평화가 찾아 올 것입니다. 미국 사람들이 많이 믿고 따르는 예수 성현께서도 '화평하게 하는 자는 복이 있나니 그들이 하나님의 아들이라 일컬음을 받을 것이요'라고 했다면서요. 2차 세계대전 이후에 터졌던 큰 전쟁 곧 한국 전쟁, 베트남 전쟁, 중동 전쟁 모두 미국이 일으킨, 아니 미국과 관련된 전쟁 아닙니까?"

종전 후에 있었던 전쟁이 미국의 책임이라는 말에 트럼프 대통령이 발끈했다.

"여보시오, 시 주석. 2차 세계대전 끝난 후 70여 년은 세계적으로 볼 때 정말 평화로운 시절이었습니다. 그것이 다 미국 덕분인걸 아셔야지요. 미국이 교통정리를 해 주니까 전 세계가 이만큼이라도 질서 있고 평화롭게 지내는 것이지, 그렇지 않았으면 온 세상은 다 불바다가 되었을 것입니다. 미국이 전 세계의 평화를 유지하기 위해서 얼마나 고생하고 또 얼마나 돈을 많이 쓰고 있는지 아십니까?"

목소리를 한껏 높이던 트럼프 대통령이 갑자기 소리를 낮추면서 조용하면서도 또박 또박 말했다.

"그건 그렇고, 오늘 보니 시 주석께서 정말 평화를 사랑하는 분이시라는 것을 느낄 수 있었습니다. 이렇게 평화를 사랑하시는 분이시니 남중국해에 상선과 어선이 자유롭게 다닐 수 있도록 남중국해의 영유권 주장을 내려놓으시지요. 중국이 주장하는 영해 지도를 보면 웃음 밖에 나오지 않습니다. 중국이 땅에 비해 바다가 작기 때문에 그런 억지 주장을 하는 줄 이해는 갑니다. 그러나 중국은 땅의 나라이지 바다의 나라는 아니지 않습니까? 바다가 없는 오스트리아나 스위스도 평화스럽게 잘 살고 있습니다. 바다에 관심을 너무 많이 기울이시면 주변 나라들이 불안해집니다. 일본 아베 총리하고 제가 친하게 지내고 있습니다. 그런데 일본도 바다를 너무 좋아한단 말입니다. 그것이 마음에 안 들어요. 일본이 섬 안에 머물지 않고 바다를 건너면 꼭 사단이 나지 않았습니까? 시 주석께서도 속으로는 일본이 바다 건너는 것을 우려하고 계시지 않습니까? 바다는 평화롭게 무역선이 다니고 여객선이 다녀야지, 군함이 다니는 것은 좋지 못합니다."

그 말꼬리를 잡고 시 주석이 물었다.

"그런데 왜 원산 앞 바다로 미국 항공모함이 오고 있습니까? 평화를 사랑하신다면 항공모함을 돌려보내셔야지요."

"물론 돌려보내야지요. 그러나 그냥 돌아올 수는 없지요. 평화를 이룬 후에 평화롭게 돌아와야지요. 아까 시 주석께서 말씀하신 예수께서도 평화를 만드는 자가 복이 있다고 했지, 그냥 말로만 '평화, 평화' 외치는 사람이 복이 있다고 하시지는 않았습니다. 미국이 그 평화를 만들기 위해서 항공모함을 원산 앞 바다에 띄운 것 아니겠습니까?"

강대국 정상들이 평화를 말할 때, 얼마나 자기모순에 빠지기 쉬운가를 느끼면서 시진핑 주석이 말을 돌렸다.

"트럼프 대통령님, 단도직입적으로 묻습니다. 정말 김정은을 때려야 하겠습니까?"

"시 주석님, 잘 아시다시피 이번에는 이 로켓보이를 그냥 둘 수 없습니다. 하와이를 때렸습니다. 우리 하와이를…."

평화를 이야기할 때 착 가라앉았던 트럼프 대통령의 목소리가 예전처럼 거칠어지기 시작했다.

"그게 실수라고 하지 않습니까? 그리고 다행히 인명피해는 없지 않았습니까?"

"실수인지 아닌지, 어떻게 압니까? 만약 호놀룰루에라도 떨어져서 인명피해가 있었다면 시 주석하고 이런 전화를 할 필요도 없었을 것입니다. 평양은 벌써 불바다가 되어 있을 겁니다. 북한이 실수라고 했고 또 한국 대통령이 1주일만 참아달라고 사정을 해서 지금 기다리고 있는 중입니다. 그러니 시 주석께서도 중국 인민들을 남한에서 빨리 빼도록 하시오. 앞으로 무슨 일이 벌어질지 알 수 없습니다. 1주일 말미를 주었으니 더 이상 저를 비난하지 마십시오."

"대통령님, 우리 인민들 수만 명이 지금 서울에서 빠져 나오지 못하고 있단 말입니다. 그 많은 사람이 어떻게 1주일 동안 다 빠져 나올 수 있습니까? 미국 국민은 다 나왔답니까?"

"우리는 가까운 일본 오키나와로 소개 중에 있습니다. 일본도 한국 정부와 협의 하에 지금 상선을 통해 부산항에서 쓰시마 섬으로 일본 국민들을 데려가려고 계획 중이랍니다. 한국에 있는 일본인이 5만 명이 넘는다지요? 하긴 중국인 수는 열배가 넘는다고 들었습니다만."

"그러다가 구석에 몰린 김정은이 이판사판 오키나와를 때리면 피해가 더 커집니다. 쥐도 도망갈 길을 보고 쫓으라는 말이 있습니다. 잘 생각하셔야지요. 그나저나 중국 인민들이 자발적으로 서울에 남겠다고 하니 저도 골치입니다."

"나도 그 이야기 들었습니다. 그들은 주로 한국계 중국인이라면서요? 참 한국 사람들 대단해요. 자기 나라는 아니지만 자기 민족을 살리겠다고 그러는 것 아닙니까? 저런 힘이 있어서 한국 사람들이 중국이나 일본에 먹히지 않고 영토, 언어, 민족, 전통, 역사를 보존하면서 지금까지 온 것 같습니다. IMF 때 나라 살린다고 금붙이를 내 놓은 근성 있는 사람들 아닙니까? 그러나 저러나 우리 미국으로서는 한 시름 놓았네요. 서울 시민들은 다 빠져 나가고 중국 국민들만 서울에 가득 차 있으니 김정은이 서울로 핵폭탄 쏘는 것이 쉽지 않겠습니다. 하하하. 이 기회를 이용해서 때려 버려야지요!"

"무슨 말씀을 그렇게 하십니까? 사람이 서울에만 삽니까? 남한에 큰 도시가 얼마나 많은데요? 거기에 핵폭탄이 날아가면 큰 일 아닙니까?"

"소식 들으니 후방의 큰 도시 시민들도 시골로, 산골짜기로, 바닷가로 피난을 가서 도시가 텅 비어 있다고 하네요. 어쨌든 우리로서는 민간인 피해를 최소화 하면서 북한을 혼내줄 좋은 기회입니다."

"큰 나라 미국 대통령께서 어떻게 그리 속 좁은 말씀을 하십니까? 마음을 넓게 쓰셔야지요."

"그렇게 말씀하시는 큰 나라 중국 주석께서는 사드를 설치했다고 중국에 있는 롯데마트를 망하게 하셨다면서요?"

"아, 그거야 중국 국민들이 스스로 자발적으로 한 일이지, 제가 그런 시시콜콜한 일을 시켰겠습니까?"

한바탕 설전이 오갔다. 그러나 시진핑 주석은 일단 트럼프 대통령의 심기를 건드릴 필요가 없다는 생각에서 그 정도에서 대화를 수습했다.

"트럼프 대통령님, 그건 그렇고 어떻게 해야 이 문제가 평화롭게 해결될 수 있겠습니까?"

시진핑 주석의 진지한 질문에 트럼프 대통령은 잠시 침묵하더니 목소리를 한껏 낮추고 속삭이듯 말했다.

"매우 간단한 방법이 있습니다. 김정은이 짐을 싸서 중국으로 가면 됩니다. 점잖은 말로 망명이라고 하지요. 심복들고 같이 저 북쪽 내몽고 지방에서 양이나 치며 살라고 하세요. 아무려면 큰 나라 미국이 김정은이 양 치는 데까지 쫓아가서 방해할 일이 있겠습니까? 그 다음에 북한에 있는 핵무기를 같이 제거합시다. 그러면 핵미사일을 날리네, 어쩌네, 시끄러운 소리도 없어질 것 아닙니까? 키신저 박사는 우리 미국과 중국이 손을 잡으면 이 세상에서 무슨 일이든지 해결할 수 있다고 하네요."

"말로는 간단한 일입니다만, 김정은이 순순히 모든 것을 내려놓고 망명을 하겠습니까?"

양치기 김정은을 생각하니 웃음을 참을 수 없어, 시진핑 주석은 가볍게 응수했다.

"그러니까 대북 압박을 제대로 하셔야지. 중국이 뒤에서 석유도 주고 필요한 것을 다 대주니까, 로켓보이가 그렇게 양양한 것 아니오?"

트럼프 대통령은 가볍게 지나치는 말투로 시진핑의 심기를 건드렸다.

"평화 운운하시더니, 너무 강하게 몰아대면 무슨 짓을 할지 모릅니다. 쥐도 궁지에 빠지면 고양이를 문다고 하지 않습니까? 그렇지 않아도 우리도 압박 강도를 조금씩 높이고 있는 중입니다. 중국에 있는 북한 식당들도 전부 문을 닫았습니다. 외화벌이를 하지 못하도록 북한 노동자들을 귀국 조치했습니다. 평양으로 가는 비행기 편도 일단 정지했고요."

시진핑 주석이 정색을 하고 말했다.

"잘하고 있습니다. 진작 그렇게 했으면 더 좋았을 것 아닙니까? 계속 압박을 해서 실각을 시키거나 망명을 유도해야 합니다."

트럼프 대통령은 속삭이듯 부드러운 목소리로 말했다.

"하지만 그렇게 하라고 일본과 러시아가 가만히 있겠습니까?"

이번에는 시진핑 주석이 냉소적으로 물었다.

"물론 적당히 무엇인가 주어서 입을 막아야지요. 그게 바로 정치라는 것 아닙니까? 주변 국가가 잘 협의해서 정치적으로 풀어야 할 문제입니다."

"그러면 남한은 어떻게 합니까?"

"글쎄요. 이번 일에 잘 협조를 하면 피차에 좋은 일이지만, 그렇지 않으면 국물도 없습니다. 노 수프No soup죠. 걱정 마십시오."

사업가 출신답게 화끈하게 거래 내역을 말하는 트럼프 대통령에게 시진핑 주석은 기싸움에 지지 않겠다는 듯이 말을 받았다.

"미국 국민들이 제일 존경하는 아브라함 링컨 대통령께서 이런 비슷한 말씀을 하신 것 같습니다. 'The world of the large nations, by the strong nations, for the powerful nations, shall not perish from the earth.' (큰 나라를 위한, 힘 있는 나라에 의한, 강한 나라를 위한 세계는 영원할 것이다.)"

많은 독서를 하고 중국 고전에 나오는 어록을 적절하게 구사하는 시진핑 주석이 링컨 대통령이 했던 게티즈버그 연설의 그 유명한 구절을 이용하여 트럼프 대통령을 쿡 찔러 보았다. 그러자 전화 너머로 트럼프 대통령의 호탕한 웃음소리가 들렸다.

"역시 명문 칭화대학교 출신 시 주석께서는 영어도 잘 하시고 미국의 정신을 잘 이해하시는군. 큰 나라는 이렇게 서로 통하는 것이 있단 말입니다. 하하하."

전 세계 약소국들의 간담을 서늘하게 하는 악마의 해결사, 레알 폴리틱의 대가大家 키신저가 두 사람 귀에 할 말을 넣어 주고 있는 것 같았다.

역사 속에서 얼마나 자주 저 강대국 지도자들의 웃음소리가 울려 퍼졌던가? 그 때마다 한반도에는 38선이 그어졌고, 폴란드는 이리저리 조각이 났다. 체코와 슬로바키아가 합쳐지기도 하고 분리되기도 했다. 아프리카와 중동의 국경은 그 안에 살고 있는 다양한 종족들의 이해관계와는 상관없이 책상 위에서 자로 그은 듯 가로 세로 직선으로 잘려나갔다.

"허허, 김정은에게 중국으로 망명해서 양치기를 하는 것이 어떻겠냐고 전화 한 번 해 보시지요. 아니 양치기라는 말은 우리끼리 이야기이고, 시 주석께서 그 젊은 친구를 위해서 좋은 곳을 마련해 주십시오. 듣기로는 지난번에 피살된 김정남의 아들 한솔이를 시 주석께서 잘 보호해주셨다면서요. 김정은 그 젊은 친구가 오면 잘 돌봐 주세요. 우리 미국 요원들이 중국에 간 김정은까지 어떻게 하겠습니까? 하하하."

한참 신나게 이야기를 하던 트럼프 대통령이 갑자기 목소리를 낮추었다.

"시 주석님! 미국은 이런 좋은 기회를 놓치지 않을 겁니다. 좋은 소식 기다리겠습니다."

이 좋은 기회를 놓치지 않겠다는 의지를 강하게 비치는 트럼프 대통령의 말이 시 주석의 귀를 때렸다. 산전수전을 다 겪었고 14억 인구를 거느린 최고 권력자, 천안문 벽에 모택동 주석과 함께 그 얼굴 사진이 나란히 걸리기를 꿈꾸는 시진핑 주석, 그도 등골이 오싹해짐을 느끼지 않을 수 없었다.

7

평양의 입국자들

'칼을 쓰는 자는 칼로 망한다'고 했는데,

아, 이 나라 이 백성은 어떻게 될 것인가?

　미국의 항공모함이 한반도로 향하고 있다는 소식과 서울 시민들의 서울 탈출 소식이 CNN등을 통해 전 세계로 퍼져나갔다. CNN의 뉴스 속보에서는 명절의 귀향길보다 훨씬 더 많은 차량이 서울을 떠나 남쪽으로 내려가는 모습이 여러 번 방영되었다. 뿐만 아니라 서울 시내에 몰려든 중국인들의 모습을 연일 보여주었다. 서울에 모여든 수만 명의 한국계 중국인들이 북한 핵무기로부터 서울을 지키겠다면서 서울 시내 한 복판에 머물고 있다는 놀라운 소식이 전파를 타고 전 세계로 전해졌다.

그 때 두만강과 압록강 주변에서 더욱 놀라운 일이 벌어지고 있었다. 중국의 동북3성 즉 길림성, 요령성, 흑룡강 성에 살고 있는 조선족 중국인들이 압록강과 두만강을 건너 평양으로 모여들기 시작한 것이다. 또한 연해주에 사는 고려인이라 불리는 한국계 러시아인들이 두만강 철교를 건너 북한으로, 평양을 향하여 오고 있다는 소식도 들려왔다. 그들은 북한과 국교를 맺고 있는 나라의 국민이었으므로 합법적인 입국이지만 그 저의를 알 수 없었다.

평양에 있는 김정은 국무위원장 집무실에 모인 사람들은 이 새로운 소식에 무엇인가 의미를 찾느라 분주해졌다.

"이건 또 무슨 일이오?"

김정은이 어안이 벙벙해서 비서실장에게 물었다.

"아직 정확한 내용을 파악 중에 있습니다. 그러나 나쁜 일은 아닌 듯합니다. 중국과 러시아에 사는 동포들이 우리 북조선과 평양을 미국 놈들의 공격으로 부터 지키겠다고 합니다."

"자기들이 무슨 수로 평양을 지킨다고?"

"글쎄요. 그래도 그 성의가 기특하지 않습니까?"

김정은 국무위원장은 고개를 끄덕였다. 요즈음 상상도 할 수 없었던 일들이 매일 일어나면서 정신을 차릴 수 없는 지경이 되었다. 일을 벌이는 것은 마음대로 할 수 있지만, 그 일을 수습하는 것은 뜻대로 되지 않는다는 사실을 절실하게 깨닫고 있었다.

내 힘으로 어찌할 수 없는, 그리고 이전에는 생각하지도 못한 일들이 꼬리를 물고 연이어 생겨나고 있었다.

"서울을 지키겠다고 조선족 동포들이 남조선에 남아 있다는 뉴스를 들었답니다. 그들도 이제 우리 북조선 평양을 지키겠다고 중국과 러시아에서 오고 있답니다. 중국과 러시아 인민들이 평양에 모여 있는 한, 미국놈들도 평양에 핵폭탄을 쏘기는 쉽지 않을 것입니다. 미국도 중국과 러시아와의 관계를 고려해야 하지 않겠습니까?"

"참, 갸륵한 마음이군. 어쨌든 고마운 일이오."

"서울에 있는 중국인들 때문에 신경이 쓰였는데, 이렇게 되면 피장파장 아닙니까?"

비서가 오랜만에 얼굴을 펴고 말했다.

"좋소. 그렇다면 공화국 안에 있는 모든 차량을 다 동원해서 중국과 러시아에서 국경을 넘어온 우리 동포들을 평양으로 집결시키시오. 그리고 평양시민들은 피난을 가지 못하게 막으시오. 그 사람들과 같이 있는 것이 안전하지 않겠소?"

모처럼 김정은의 표정도 밝아졌다.

주석궁 옆에 있는 김일성 광장. 이 광장은 주석궁이 핵공격을 받으면 함께 지도에서 사라질 수밖에 없는 운명이다. 물론 지하철을 빙자해 지하 깊은 곳에 벙커를 만들어 놓았지만 그건 서울도 마찬가지 아닌가. 남조선의 신문들은 여의도와 광화문 그리고 신설동의 지하벙커에 대해 드러내 놓고 보도한 바 있다. 게다가 남조선 텔레비전들은 경쟁이라도 하듯이 청와대의 내부를 샅샅이 비춰주기도 했다. 인민과 적들이 몰라도 되는 곳까지 샅샅이 파헤치는 남조선 사람들의 심리를 알다가도 모를 일이었다.

그러나 요즈음 남한 텔레비전에서 평양 북쪽 대성산의 국사봉 지하 벙커 철봉각에 대한 이야기가 심심치 않게 흘러나오고 있는 것이 신경에 거슬렸다. 남한의 텔레비전에서 북한 지하철 지도까지 보여주면서 열차가 광명역에 서지 않고 지나치는 것은 그 아래에 유사시 김정은이 숨을 지하 벙커가 있기 때문이라는 둥, 2단계 계단을 언급하며 전승역 내부의 구조도를 보여주는 것이 영 못마땅한 터였다. 지하 150미터이든 200미터이든 저들이 상관할 바가 아니지 않은가. 감히 수령님의 시신이 안치된 금수산 기념궁전을 지나는 광명역을 어떻게 인민들이 함부로 드나들 수 있단 말인가.

김일성 광장에 조선족 중국인과 고려인 러시아인들이 하나, 둘 모여 들었다. 수많은 평양 시민들도 함께 모였다. 세 나라 사람들이 모였지만 공용어는 세종대왕께서 창제하신 훈민정음이었다. 그래도 기본적인 말이 통하는 것이 다행이었다. 불과 100여 년 전만 해도 같은 나라, 같은 민족이었는데 이제는 완전히 다른 나라 사람이 되고 말았다. 그 사이 한반도에서 코리아의 역사는 얼마나 굴곡지고 요동쳤던가!

어떤 사람들은 그 조상들이 러시아 땅 연해주에 자리를 잡는 바람에 러시아 혁명을 거치면서 소비에트 연방의 인민이 되었다. 소비에트 연방 원수의 명령에 따라 저 멀리 중앙아시아로 강제 이주 당하는 고난 속에서도 목숨을 이어 왔다. 소비에트 연방이 무너지면서 카자흐스탄 국민이 되었다가 이제 다시 연해주로 돌아와 러시아 사람이 되었다. 어떤 사람은 그 조상들이 만주로 이주하여 청나라 사람이 되었다가 중화민국의 백성이 되었다. 잠시 동안 일본 점령 시에는 만주국의 백성이라 불리더니 공산주의 혁명을 거치면서 중화인민공화국의 백성이 되었다. 분단된 북조선과 가까이 지낸 탓으로 공연히 남조선을 원수의 나라로 알고 있었다.

그러다가 남조선이 잘 살게 되니 슬그머니 빗장을 열고 서울 관광도 다녀오고, 명동 거리에서 화장품도 사고, 현대 베이징 공장과 상트페테르부르크에서 만든 한국산 자동차도 타고, 서울에서 온 걸 그룹 아이들의 현란한 춤을 보면서 즐거워하며 지냈다. 그러다가 평양이 핵폭탄을 맞고 망하게 되었다는 소식에 부랴부랴 평양으로 온 사람들이었다.

"자고로 우리는 한 민족입니다. 지금 저는 연해주에 살고 있지만 피는 물보다 진하다는 말이 있습니다. 어쨌든 어머니의 나라 아닙니까? 비록 러시아 국적을 가지고 러시아 국민이 되었지만 고향을 잊은 적은 없습니다. 우리는 일제 식민지의 박해를 피해 연해주로 가서 살았고, 우리의 동포들 또한 어느 날 갑자기 기차에 태워져 중앙아시아의 척박한 땅에 버려졌습니다. 거기에서 죽지 않고 모질게 살아남아 면면히 생명을 이어갔습니다. 모진 세월이 지나고 다시 연해주에 돌아와서 간신히 숨을 돌릴 만하니 이제 모국에 전쟁의 소식이 들려옵니다. 이 땅의 비극은 6·25전쟁으로 충분합니다. 더 이상 동족끼리 피를 흘리는 전쟁은 안 됩니다. 우리가 어찌 앉아서 보고만 있겠습니까?"

말의 내용으로 보아 고려인 러시아 사람이었다.

"우리 연해주 사람들은 그 추운 곳에서도 살아남았을 뿐 아니라 그 어려운 중에도 나라를 위해 몸을 아끼지 않았습니다. 아시다시피 우리의 선조 최재형 선생께서는 비록 해안가에서 고아로 발견되어 러시아 사람에게 입양되었지만 훌륭한 사업가, 성공한 재력가가 되어 연해주에서 두만강까지 길을 내고, 회사를 만들고, 독립운동 자금을 대는 등 조국을 위해 큰일을 하셨습니다. 우리 모두가 존경하는 안중근 의사가 우리나라 강토를 삼키려 한 이토 히로부미를 처단한 것도 안중근 의사 뒤에서 최재형 선생이 도와주었기 때문에 가능한 일이었습니다. 그 분은 일본인들의 손에 죽을 때까지 고국을 위해 일했습니다. 우리는 그 정신을 이어받아 어려운 중에도 고국을 위해 할 수 있는 일을 하려고 뜻을 모았습니다. 러시아 연해주라고 해야 자동차로 한 나절이면 북조선 국경을 통과할 수 있는 가까운 곳입니다. 우리가 손잡고 큰일을 한번 해 봅시다. 우리 힘으로 이 전쟁을 막아봅시다."

박수 소리가 광장에 가득했다. 단상에 올라선 조선족 중국인은 마이크를 잡고 큰 소리로 외쳤다.

"저는 중국에서 온 소위 조선족 중국 사람입니다. 백두산의 천지 물이 두 갈래로 나뉘어 백리를 흐른다고 해서 붙여진 이름, 이도 백하二道白河, 그 동네에 살다가 도시로 나갔습니다. 누구나 마찬가지로 지나 온 우리들의 생활은 말할 수 없이 힘들고 비참했습니다. 이제 고국이 번영하고 중국도 발전하면서 우리들의 생활도 점차 나아졌습니다. 그렇지만 이제 어려움에 처한 고국의 소식을 듣게 되었습니다. 우리 헤이룽장 성에 사는 많은 조선족 중국인은 조선해방전쟁 때에도 고국의 부름에 응답하여 전쟁에 참여했고 많은 희생자를 낸 바 있습니다. 사람들이 중국의 인해전술 부대라고 부르는 그 무리 속에는 사실 고국을 사랑하는 우리 조선족들이 많이 섞여 있었습니다.

듣자니 남조선에 있는 많은 조선족 동포들이 북한의 핵공격을 막기 위해 서울에 모였다고 합니다. 이제 우리도 전쟁을 막기 위해 평양에 모였습니다. 전쟁은 절대로 안 됩니다. 우리가 비록 혈통으로는 조선 사람이지만 국적으로 본다면 중국인들과 러시아인들입니다. 미국이 우리를 공격하면 결국 중국과 러시아 인민을 공격하는 것입니다. 그러므로 우리가 버티고 있는 한, 미국이 함부로 이 땅을 공격하지 못할 것입니다."

그는 일장 연설을 마치고 구호를 제창했다.

"미국은 물러가라"

그가 큰 소리로 선창을 하자 광장 안에 모인 모든 사람들이 따라서 소리를 질렀다.

"물러가라. 물러가라. 물러가라."

"공화국에 대한 적대 행위를 중단하라."

"중단하라. 중단하라. 중단하라"

"전쟁은 절대 안 된다."

"안 된다. 안 된다. 절대 안 된다."

우렁찬 함성의 음파가 김일성 광장을 우렁우렁 울리고 주석궁에 있는 김정은 위원장 사무실까지 도달했다.

김정은 위원장은 회심의 미소를 지었다. 저들이 방패가 되어 전쟁을 막아주겠구나. 김정은 위원장과 트럼프 대통령은 서로

가 박살을 낸다고 말 폭탄을 주고받았지만, 사실 서로 치고 박다가 불바다가 되면 피차 좋을 게 없다는 것을 모를 만큼 미련하지 않았다.

그런데 어느 정도 시간이 지난 후 이상한 소리가 들렸다.

"김정은 위원장은 핵폭탄을 폐기하라."

순간, 광장에는 어색한 긴장이 맴돌았다.

앞에 선 사람이 다시 한 번 더 큰 소리로 외쳤다.

"김정은 위원장은 핵폭탄을 폐기하라."

그러자 러시아와 중국에서 온 동포들이 먼저 따라했다.

"폐기하라. 폐기하라. 폐기하라."

그러자 그가 더 큰 소리로 선창했다.

반복할 때 마다 '폐기하라'는 소리는 조금씩 커져갔다.

모여든 평양 시민들까지 합세를 하는지 소리가 점점 커졌다.

"핵폭탄을 폐기하라. 핵폭탄을 폐기하라. 핵폭탄을 폐기하라."

"이게 무슨 소리야?"

김정은 위원장이 버럭 소리를 질렀다.

"우리가 어떻게 해서 만든 핵폭탄인데, 도대체 어느 놈이 그것을 폐기하라고 소리치는 거요?"

"시진핑 주석과 푸틴 대통령도 그런 말을 한 바 있는데, 아마도 그 밑에 있던 조선족들과 고려인들이 그렇게 소리를 지르고 있는 것 같습니다."

"저것들이 우리를 도와주러 온 거요? 재를 뿌리러 온 거요? 그런데 왜 우리 평양 인민들은 덩달아 따라한단 말이요. 이게 말이 되는 소리요?"

"..."

다들 말이 없었다.

최고인민회의 상임위원장 김영남은 이 상황이 여간 부담스럽지 않았다. 그동안 북한을 대표해서 수많은 외교회의에 참석했던 외교의 베테랑으로 무엇인가 말을 해야 했지만 입이 떨어지지 않았다. 어떤 말이 꼬투리가 되어 숙청당할지 모르는 위험한 상황이었다. 하긴, 90이 넘은 나이에 목숨이 그리 아까우냐고, 남의 나이까지 살지 않았느냐고 힐난한다면 할 말이 없다. 그러나 남은 소원이 있다면 평안한 죽음을 맞이하고 싶은 것이다. 장성택처럼 시체조차 찾을 수 없이 공중으로 산화되고 싶지 않았다.

'김일성 수령님께서 오셔서 평양시민들의 마음을 움직여 놓았을까? 핵폭탄이 위대한 지도자 김일성 어버이 수령께서 세우신 조선민주주의 인민공화국을 살리는 것일까, 아니면 죽이는 것일까? 젊은 지도자 동지 김정은 위원장과 군부 강경파 아이들은 미국 본토까지 날아갈 수 있는 ICBM을 개발해서 핵탄두만 장착하면 이 땅의 미국놈들을 몰아내고 남조선을 장악할 수 있다고 하는데, 과연 그렇게 될까?'

김정은이 붉으락푸르락 하는 동안에 그 누구도 감히 입을 열지 못했다. 다만 고개를 살짝 수그리고 눈치를 살필 뿐이었다.

'저 핵폭탄 때문에 백두혈통 어버이 수령 동지와 김정일 위원장 동지께서 피땀 흘려 쌓아 놓은 조선민주주의 인민공화국이 완전히 무너지고 힘 없고 불쌍한 북조선 인민들만 죽어 나가는 것은 아닐까? 공산주의 종주국 소련과 동독은 이미 손을 들었다. 중국과 베트남은 변질되어 무늬만 공산주의일 뿐 자본주의 나라보다 더 돈을 밝히는 세상이 되고 말았는데 공산주의의 마지막 보루인 북조선은 과연 어떻게 될 것인가? 핵무기 때문에 망할 것인가? 핵무기 때문에 살아날 것인가?'

이런 저런 생각이 김영남의 뇌리를 어지럽혔다. 최고인민회의 상임위원장의 자격으로 비동맹회의에 나가서 북한이 핵보유국임을 선언하고 핵무장의 당위성을 역설한 일이 떠올랐기 때문이다. 그러나 그것은 어디까지나 미국의 위협에 대응하기 위한 방편이고 미국과의 힘의 균형을 달성하기 위한 것임을 분명히 하지 않았던가. 핵보유국으로 인정을 받고 그에 걸맞게 외교관계를 넓혀가려고 했던 것인데, 뜻하지 않게 하와이 미국 영해에 미사일이 떨어져 상황이 어렵게 꼬여버린 것이다.

'이런 기회에 우리 젊은 지도자 김정은 동지께서 결단을 하면 좋은 길이 열릴 수도 있을 텐데…, '칼을 쓰는 자는 칼로 망한다'고 했다는데, 아, 이 나라 이 백성은 어떻게 될 것인가? 악착스러운 자본가들의 손으로부터 억압받는 인민들을 해방시키겠다는 공산주의 혁명의 원대한 꿈은 여기서 끝나는가? 김일성 어버이 수령 동지, 이 백성을 불쌍히 여기시고 도와주소서. 당신의 손자 김정은 위원장 동지에게 지혜를 열어 주시고, 제발 백성을 살릴 바른 길로 인도해 주소서.'

김영남 국무위원은 자기를 아껴 주던 김일성 수령 동지 생각에 눈가에 눈물이 맺히면서 '영원히 함께 하신다는' 어버이 김일성을 속으로 부르고 있었다.

8

일본 천황의 하야 선언

'일본은 평화를 원한다'는 현수막이 건물 곳곳에 붙기 시작하더니
평화를 호소하는 노란 리본이 온 일본의 가로수를 뒤덮었다.

일본 도쿄, 아베 신조 수상은 최근에 치른 선거에서 압승을
해서 그동안 위태했던 입지를 굳게 다지게 되었다. 한반도의 불
안한 정세가 그의 선거에 도움이 된 것은 부인할 수 없는 사실
이다. 아베 수상은 트럼프 대통령과 호흡이 잘 맞는지 동맹을
넘어서 혈맹을 과시하는 제스처를 취해왔다. 아베 수상의 명령
에 따라 일본 자위대는 미군을 도와 북한 공습에 참여하기로
했다. 2015년 9월 19일 통과된 일본의 집단적 자위권 행사 관련
법제에 근거한 것이다. 이 법에 따르면, 일본 자위대는 일본과
동맹·우방 관계에 있는 나라가 공격을 받을 경우 자국에 대한

공격과 동일한 것으로 간주하고 대응에 나설 수 있다.

일본의 동맹국이요, 우방국인 미국의 하와이가 공격을 받았으니 당연히 대응에 나설 수 있다. 남의 나라 전쟁에 개입하지 말라는 시위가 곳곳에서 벌어졌지만 개의치 않았다. 게다가 미국의 참전 요청까지 있는 형국이라 앞뒤를 가릴 필요도 없었다. 이 법제와 참전 요청에 근거해서 일본 자위대는 북한으로 출동할 수 있었다. 우파 세력은 이번 기회에 일본이 전쟁할 수 있는 나라임을 보여주기 위해서 북한 파병에 적극적으로 찬성했다.

잘 나가는가 싶었는데 일본의 헌법 수호 시민운동 세력이 극렬하게 반대를 하며 찬물을 끼얹었다. 하긴, 시민운동가들이 반대하지 않은 사안이 몇 가지나 있을까. 저들의 주 업무가 반대가 아닌가, 이런 생각으로 가볍게 넘기려고 했다. 게다가 시위대의 규모가 그다지 크지 않아서 무시해도 좋을 듯 했다.

그런데 시간이 지남에 따라 반대 시위자의 수가 크게 늘어났다. 전쟁에 나가야 할 나이의 젊은이들과 그 부모들이 시위에 참가하면서부터 그 수가 상당히 빠르게 늘어나고 있었다. 젊은 남자뿐 아니라 애인이나 오빠가 전쟁터에 가는 것이 싫다고 외치는 여자들까지 가세했다. 전쟁이 싫다는 피켓을 들고 사거리마다 서 있는 1인 시위자들도 있었다. 토요일에는 광장마다 큰 무리의 사람들이 모여 '전쟁 반대'를 외쳤다. 남의 나라 전쟁에 참견하다가 일본 땅으로 핵미사일이라도 날아오면 어쩌겠냐는 염려도 앞섰다.

반대시위자가 늘어나는 것에 대한 반동으로 찬성하는 세력도 조직적으로 결집하기 시작했다. 일본의 위상 제고와 국제적 정의 실현을 운운하는 말들이 오갔다. 어쨌든 남의 나라에 파병하는 문제로 국론이 분열되고 국민들의 마음도 심하게 균열이 가고 있었다. 곳곳에서 시위대들 사이에 크고 작은 갈등이 있었고 폭력적 충돌 일보 직전에 아슬아슬하게 수습이 되어 가슴을 쓸어내리는 일도 있었다. 이대로 가다가는 나라가 둘로 쪼개질 지도 모른다는 염려가 팽배했다. 좌우 대립은 물론이고 신세대와 구세대의 세대 갈등까지 심각한 사회 문제로 제기되었다.

이처럼 일본 내에서 찬성과 반대가 극렬하게 대립되는 가운데 아키히토 천황이 기자회견을 자청하자 일단 소용돌이는 가라앉았다. 왕으로서 정치에 간여하지 않는다는 원칙이 있었지만 국민의 마음이 이처럼 요동질을 치는데 왕이 나 몰라라 가만히 있을 수는 없었다. 어쨌든 국민들의 마음을 안정시키고 나라의 목표를 설정해 주는 것도 왕으로서 당연히 해야 할 일이 아닌가. 아키히토 천황의 인자하고 중후한 모습이 텔레비전 화면에 등장했다. 왕은 왕이라서 그런지 참 품위 있는 신사의 용모였다. 왕의 인자한 음성이 전파를 타고 흘러나왔다.

"사랑하고 존경하는 국민 여러분!

우리 일본 자위대의 파병과 관련하여 우리 국민들의 마음이 나뉘어져 있는 것이 실로 가슴 아픕니다. 파병에 찬성하는 분이나 반대하는 분이나 나라 사랑하는 마음은 다 같은 줄 압니다.

우리 일본 헌법은 천황이 정치적 입장을 주장하지 못하도록 되어 있습니다. 따라서 이번 자위대 파견의 문제도 수상이 처리해야 할 문제입니다. 그러나 사안이 워낙 크고 중요하기 때문에 천황의 입장을 말하지 않을 수 없습니다. 세월이 흘렀지만 나의 마음에는 전쟁에 관한 여러 인상들이 아직도 살아 있습니다. 어린 나이에 전쟁의 참혹함을 똑똑히 보았습니다. 가미가제 특공대로 죽음을 향해 가는 어린 학생들도 보았습니다.

또한 한 때 우리 일본이 한반도와 주변 사람들에게 지대한 고통을 주었다는 깊은 슬픔이 항상 내 마음 속에 자리 잡고 있습니다. 따라서 우리 국민은 다시는 전쟁을 일으키지 말아야 한다는 깊은 반성과 평화 국가가 되겠다는 굳은 결의를 가지고 있습니다. 지금까지 우리 일본은 온 국민이 하나가 되어 전쟁의 폐허 위에서 부강한 나라, 평화로운 나라를 건설해왔습니다. 지금까지 아주 잘 해 왔습니다.

하지만 오늘 날 우리는 중대한 선택의 기로에 있습니다. 결론부터 말하자면 저의 입장은 우리 자위대를 파병해서는 안 된다는 것입니다. 물론 우리 일본도 헌법을 개정하여 해외 파병을

할 수 있는 날이 올 수 있을 것입니다. 그러나 설사 그런 날이 온
다 해도 한국에 군대를 보내서는 안 됩니다.

현 사태의 근인近因은 여러 가지가 있을 것입니다. 여러분은
어떻게 생각할지 모르지만 근본적인 원인遠因은 우리 일본에게
있습니다. 모두 아시다시피 20세기 초 우리가 한국을 병합하여
식민지를 만들었습니다. 그리고 우리가 일으킨 2차 세계대전의
결과로 한국이 남북으로 분단되었습니다. 그 결과 6·25전쟁이
일어났고 남·북한 및 미·북 간의 적대적 관계가 작금昨今에 이
르게 되었습니다.

우리 일본은 한국과 평화로운 관계를 유지한 적도 많았지만
두 나라 사이에는 수많은 전쟁들이 있었습니다. 1592년 임진년
에 일조日朝전쟁, 동학란, 일·청전쟁, 한일합병, 조선 독립군과
의 전투, 3·1운동, 관동 대지진, 태평양 전쟁과 조선인 징병, 징
용, 히로시마와 나가사키 원폭투하 등의 사건으로 많은 한국
사람들이 피해를 입고 희생을 당했습니다.

이제 또 다시 남·북과 미·북, 미·중 사이의 문제로 전쟁의
어두운 그림자가 다가오고 있습니다. 이 때 우리 일본의 자위대
가 참여하고 또한 중국군이 가담한다면, 3차 세계대전이 일어
나는 것입니다. 2차 세계대전으로 인해 20세기 인류 역사에 큰
과오를 저지른 우리 일본이 다시 3차 세계대전의 촉매역할을
해서는 안 됩니다.

지금 이 시대 일본의 사명은 이 전쟁에 참여하여 일본의 군사적 영향력을 확대하는 것이 아니라 동아시아와 세계의 평화를 이루는 일입니다. 우리 일본은 지난 세기 전쟁의 참화를 경험하였을 뿐 아니라 원자폭탄에 피폭된 유일한 나라가 되었습니다. 원자폭탄을 맞은 우리에게는 원자폭탄이 지구상의 그 어느 곳에도 떨어지지 않도록 막아야 하는 사명이 있습니다.

이 사명을 감당하지 못한다면 히로시마와 나가사키의 희생은 헛된 것이 되고 맙니다.

지금 핵전쟁의 위험이 커지고 있는 시대에 우리 일본은 전쟁에 참여하는 국가가 아니라 전쟁을 막는 국가가 되어야 합니다. 나의 선친 되시는 히로히토 천황께서는 일본이 2차 세계대전에 빠지는 것을 막지 못한 일을 가장 안타까워하셨습니다. 선왕께서는 2차 세계대전으로 인하여 수많은 일본 젊은이들과 일본 국민들 그리고 이웃 나라와 미국의 군인과 국민들이 희생된 것을 가슴 아파하셨습니다. 그리고 '너는 결코 일본이 전쟁에 개입하지 않도록 하라'고 유언하셨습니다.

그리고 저에게 사진 한 장을 주셨습니다.

그것은 나의 아버지 히로히토 천황께서 미국의 맥아더 장군 앞에서 항복하는 사진입니다. 우리 일본의 황실은 긴 역사 속에서 때때로 실력자들 앞에서 굴욕을 당한 적이 있지만 외국의 장군 앞에서 이런 모욕을 당한 적은 없었습니다. 이 모욕은 우리 자신이 자처한 것이었습니다. 선왕께서는 이 사진을 주시면서 다시는 이러한 일이 일어나지 않도록 하라고 하셨습니다.

저는 선왕의 이 엄숙한 유지를 받들 책임이 있습니다. 그런데 이러한 나의 뜻과는 상관없이 우리 일본이 또 다시 전쟁에 휘말려 들어가고 있습니다. 나는 이것을 참으로 유감스럽게 생각합니다. 그래서 이 시간, 저는 왕의 자리에서 물러나겠습니다. 나중에 전쟁을 막지 못한 왕으로 역사에 기록되느니 하야하는 편이 낫다는 판단에서입니다. 이렇게라도 해야 저 세상에 가서 선왕의 얼굴을 똑바로 뵐 수 있을 것 같습니다.

사랑하는 국민 여러분!

마지막으로 고합니다. 전쟁은 절대 안 됩니다. 우리 시대에 우리 일본의 역사적, 문명적 사명은 전쟁을 막고 평화를 이루는 것임을 잊지 마시기 바랍니다."

천황은 인자하면서도 호소력 짙은 음성으로 천천히 원고를 읽어내려 갔다. 듣는 이의 마음을 숙연하게 하는 연설이었다. 아버지 히로히토 천황보다 훨씬 잘 생기고, 키가 큰 아키히토 천황의 말 한 마디 한 마디는 힘이 있고 위엄이 있었다. 느릿느릿하게 말했지만 일본의 정신, 일본의 꿈, 일본의 위대함을 보여주는 그 어조는 후지 산의 용암이 분출하는 듯했다.

일본 천황의 전쟁 반대 선언과 하야 선언에 일본 열도가 들끓기 시작했다. 집집마다 거리마다 사람들이 모인 장소에서는 그 이야기가 끊이지 않았다. 찬반의 논란이 있었지만 일본 역사 속에서 만세일계로 내려오는 천황의 강력한 도덕적·정신적 권위에 눌려 전쟁론자들의 주장이 힘을 잃을 수밖에 없었다.

선왕 히로히토 천황은 태평양 전쟁에서도 목숨을 잃지 않았고 2차 세계대전 전범재판도 면제받았다. 그런데 그 아들 아키히토 천황이 전쟁 반대의사뿐 아니라 한국에 대해 간접적인 사과의 말을 하는 것 아닌가. 온 일본 백성이 충격 속에서 TV를 지켜보고 있을 때, 북한을 마주 보고 있는 아름다운 니가타 항구 앞 바다에 아름다운 무지개가 떠올랐다.

천황의 발표가 있은 후, 오에 겐자부로를 비롯하여 평화를 사랑하고 소중하게 여기는 많은 작가와 예술가들이 천황의 뜻을 지지하고 나섰다.

"일본문화의 통로일 뿐 아니라 아름다운 문화를 가진 한국이 파괴되는 것을 우리는 받아들일 수 없습니다. 우리의 선배 중에 야나기 무네요시라는 분이 있습니다. 그는 한국의 미를 사랑하여 20여 차례나 한국을 방문했고 석굴암이 훼손될 것을 우려하여 그 보수 작업을 반대했던 분입니다. 그 분은 일본이 광화문을 헐고 조선총독부를 지으려 했을 때, 광화문을 보존해야 한다고 끝까지 주장한 분입니다. 덕분에 1927년 광화문은 파괴되지 않고 해체되어 총독부 뒤로 옮겨졌습니다. 이런 일을 통해 한국과 일본 사이에 우호와 평화가 유지되어야 할 것입니

다. 나는 한국의 아름다운 문화를 지키기 위해서 천황 폐하의
뜻을 따르겠습니다."

일본의 인기 작가이며 한국에서도 널리 사랑받고 있는 무라
카미 하루키 역시 전쟁을 반대하고 나섰다. 작가의 양심과 일
본인으로서 과거 한국에 진 빚을 이번 기회에 갚고 싶다고 선언
했다. 하루키는 최근 일본인들의 난징 대학살 문제에 대해 깊이
생각할 기회가 있었다. 그 일을 계기로 그는 일본의 양심을 대
표하여 소설 속에 중국인 학살 문제를 다룸으로써 사죄의 뜻
을 간접적으로 전했다. 그 일로 극우주의자들의 비난을 받기도
했다.

어쨌든 더 이상 전쟁은 안 된다는 천황의 뜻은 일본 열도에
서 전쟁론자들의 목소리를 밀어냈다. 단아하고 단정한 삶에 더
이상 파문을 일으키기 싫다는 국민들의 의견이 우세해졌고 천
황의 뜻을 지지하는 사람들이 날이 갈수록 많아졌다.

'일본은 평화를 원한다'는 현수막이 건물 곳곳에 붙기 시작
하더니 평화를 호소하는 노란 리본이 도쿄를 비롯하여 온 일본
의 가로수를 뒤덮었다. 마치 노란 나비 떼가 하늘에서 내려앉은
것 같았다.

9

러시아의 길

'순진한 내 딸아!… 말로는 평화를 이룰 수 없다.
힘이 균형을 이루어야 평화가 이루어지는 것이다.'

러시아의 심장이라는 모스크바 크렘린 성안에 있는 대통령
궁, 노란색과 붉은색의 튤립이 녹색의 잔디 위로 양탄자의 무
늬처럼 펼쳐져 있었다. 대통령 궁 밖에는 크렘린을 구경하려는
관광객들로 북적댔다. 모스크바에서는 반드시 들러보아야 할
붉은 광장과 크렘린 궁의 입장권을 사려는 사람들이 붉은 벽돌
의 트로츠카야 탑 아래로 줄을 지어 서 있다.

푸틴 대통령의 딸 베라가 오랜만에 아버지를 찾아왔다. 그녀
는 모스크바 대학의 역사학 교수이다. 얼마 전 블라디미르 푸
틴 대통령은 모스크바 크렘린 궁 옆 붉은 광장에서 열린 크림

반도 합병 축하 행사에 참가했다. 그는 무대 위에 올라서 '위대한 러시아'를 선언했는데 마치 '아메리카 퍼스트'를 외치는 트럼프에게 맞불을 놓는 격이었다. 광장을 가득 메운 10만 명의 시민들은 '우리는 푸틴을 믿는다'며 환호성을 질렀다. 마치 '위대한 수령님은 우리와 함께 하신다'는 구호를 걸고 김일성 수령의 영생을 믿는 북한 주민들의 신앙 고백처럼 들렸다. 이날 행사는 푸틴을 위한 완벽한 '차르 즉위식'이나 다름없다고 서방의 언론들은 기사를 타전했다.

"오, 총명하고 사랑스러운 나의 딸 베라! 바쁘다고 저번 행사에도 참석 못하더니 웬 바람이 불어서 나를 찾아왔니?"

푸틴 대통령은 지난 번 행사에 참석하지 않은 딸에게 슬쩍 서운한 마음을 비쳤지만, 행사가 성공적으로 치러져서 기분이 매우 좋은 탓으로 만면에 웃음을 지었다. 푸틴 대통령은 30년을 함께 살았던 아내 류드밀라와 이혼한 후, 자연히 딸들과도 서먹한 사이가 되었다. 평소 무뚝뚝한 표정으로 다른 이들을 압도하면서 정상 회담에서도 다른 나라의 정상들을 기다리게 하는 기싸움의 명인 푸틴이지만 딸 앞에서는 자애롭고 부드러운 아버지였다.

"아빠, 보고 싶기도 하고요. 사실 부탁이 있어서 왔어요."

보고 싶었다는 말에, 푸틴 대통령의 눈가에 잔주름이 물결처럼 잡히며 함박 웃음꽃이 피었다.

"내 딸아, 무슨 부탁이든지 말만 해라. 하늘에 있는 달이라도 따다 주고 싶다. 뭐든지 다 들어 주마. 혹시 좋아하는 남자 친구라도 있냐? 혹시 그 녀석이 말을 듣지 않는 거야? 내가 모스크바 수도 사령부의 1개 사단을 동원해서라도 그 녀석을 잡아다가 네 신랑으로 만들어 주마."

"아빠도, 참. 내가 어린앤 줄 아세요? 그까짓 일로 아빠에게 부탁하러 오겠어요?"

"그럼 뭐냐?"

딸의 심각한 표정에 장난기를 거둔 푸틴 대통령이 진지한 표정을 지었다.

"아빠, 이건 정말 중요한 부탁이에요. 꼭 들어 주셔야 해요."

그녀의 푸르고 아름다운 눈은 러시아의 깊은 영성을 담고 있는 바이칼 호수 같았다. 그녀의 단아하고 순결한 얼굴은 러시아 민중의 슬픔과 아픔을 담은 〈죄와 벌〉의 여주인공 나타샤처럼 아름다웠다.

"네가 나를 닮아서 예쁘구나."

딸은 그 말에 웃음을 터뜨렸다.

"엄마를 닮았죠. 아빠도 닮긴 했지만"

"그런데 무슨 일이냐? 나를 찾아와서 부탁할 일이?"

"단도직입적으로 말하자면, 우리 러시아는 이번 한반도 사태에 개입하지 않으면 좋겠어요."

뜻밖에 베라의 입에서 정치적인 발언이 나왔다. 지금까지 없던 이상한 일이기도 했다.

"왜?"

21세기의 '차르'라고 불리는 푸틴 대통령이 그 특유의 강인한 표정과 날카로운 눈빛으로 딸을 바라보았다.

"아빠, 20세기에 전 세계에서 가장 많은 피를 흘린 나라가 우리 러시아인걸 알고 계세요? 1917년 혁명이 일어나고 그 후 소비에트 정권이 세워지는 과정에서 2,000만 명 가까운 사람들이 죽었어요. 20세기 양차 세계대전에서도 인류의 전쟁 역사상 가장 많은 사람이 죽었습니다."

"흠, 그래?"

거기까지는 미처 생각해보지 않았던 푸틴은 20세기에 가장 많은 희생자를 낸 나라가 러시아라는 지적에 가만히 고개를 끄덕였다.

"1차 세계대전에서는 170만 명, 2차 세계대전에서는 무려 2,600만 명의 사망자가 나왔고 전쟁 당사국 가운데 가장 많은 군인들이 전사했어요."

푸틴 대통령의 표정은 점점 더 긴장되었다. 베라가 역사학 교수인 것은 진작 알고 있는 바이지만 무슨 말을 하려고 저렇게 서두가 긴가, 그리고 왜 사망자 숫자를 외우고 있는 걸까, 그 저의를 짐작해보려고 애쓰면서 계속 고개를 끄덕여 주었다.

"지금 우리 러시아가 세계에서 가장 넓은 땅과 자원을 가지고도 미국은 말할 것도 없고 중국에게도 경제적으로 뒤지는 이유는 인구가 적기 때문이에요. 이렇게 인구가 적어진 가장 중요한 이유가 무엇일까요?"

베라는 말을 끊고 아빠의 얼굴을 정면으로 바라보았다.

"글쎄다. 러시아의 땅 덩어리는 크지만 겨울이 되면 너무 추워서 사람이 살기 힘들기 때문 아니냐? 농사를 지을 땅도 마땅치 않고."

푸틴 대통령은 우선 군색한 대로 그렇게 대답했다.

"아빠, 그게 아니에요. 물론 날씨 탓도 있지만 가장 중요한 요인은 전쟁입니다. 그동안 우리 러시아는 전쟁으로 인해 너무나도 많은 백성들이 죽었어요. 우리나라 어느 도시에 가더라도 전승 기념비가 있잖아요. 그리고 그 전승 기념비에는 해당 전쟁에서 전사한 사람들의 이름이 새겨져 있어요. 저는 그 전승비를 볼 때마다 조국을 지키기 위해 싸우다 죽어간 위대한 선조들이 자랑스럽고 또한 감사한 마음을 가집니다. 그러나 다른 한편으로, 슬픈 마음이 드는 것도 피할 수 없습니다. 그동안 제가 세계여러 나라를 둘러보았어요. 그러나 그 어떤 나라에서도 우리나라처럼 지역 도시마다 전승비가 세워져 있는 나라는 없어요. 그리고 그 곳에 그렇게 많은 전사자들의 이름이 새겨진 것을 보지 못했습니다."

베라는 잠시 말을 끊었다. 그녀가 하도 진지하게 말했기 때문에 푸틴 대통령도 진지하게 들을 수밖에 없었다.

"조국을 위해 전쟁에 나가 죽은 사람들이 이렇게 많다는 것은 자랑스러운 일이지만 또한 슬픈 일이에요. 전국의 모든 도시의 전승비에 새겨진 이름 한 사람 한 사람마다 얼마나 슬프고 아픈 사연이 있겠어요? 그들 모두 누군가의 남편이고 아들이고 형제겠죠."

"누가 지금 전쟁이라도 한대? 뜬금없이 전쟁 이야기는?"

푸틴 대통령의 심기가 살짝 불편해졌다.

"들리는 소문에 북한에 파병하실 계획이 있다고 해서요. 아빠, 이번에 한반도 전쟁 위기에는 관여하지 않으셨으면 좋겠어요. 명분도 없고 실익도 없습니다."

"네가 이제 정치 간섭까지 하니? 이 문제는 군부와 의논할 일이다."

자애롭던 푸틴 대통령의 얼굴에서 웃음기가 싹 걷혔다.

"아빠, 이 전쟁으로 우리가 얻을 수 있는 것이 무엇인가요? 혹시 항구를 원하세요? 우리는 이미 흑해 쪽하고 블라디보스토크 부동항을 손에 넣었어요. 대륙간탄도미사일이 1시간 이내에 태평양과 대서양을 건널 수 있는 시대입니다. 부동항의 가치는 점점 떨어지고 있어요. 이 전쟁에 개입해서 혹시 원산항이나 나진항을 얻을 수 있다 해도 그 대가와 위험 부담이 너무 큽니다."

"……."

푸틴은 말없이 듣고 있었지만 베라의 정치 감각이 제법이라는 생각에 약간 흐뭇했다. 딸만 키워봐서 아들 없는 것이 늘 섭섭했는데 베라를 잘 키우면 대를 이을 수 있겠다는 생각이 들었다.

"우리는 남한이 아니라, 지금 세계에서 가장 강력한 군사력을 자랑하는 미국을 상대하고 있어요. 일단 전쟁에 개입하면 그 다음에 어떤 일이 일어날 지 뻔히 보이잖아요. 문제는 핵무기입니다. 나는 아빠의 성격을 누구보다도 잘 알아요. 아빠는 남에게 지는 것을 싫어하는데, 북한 편을 들다가 혹시 미국과 전쟁이라도 벌이면, 생각만 해도 끔찍해요. 설사 핵무기를 사용하지 않는다 해도 재래식 무기만 가지고도 얼마나 많은 사람들이 희생될지 생각만 해도 끔찍해요. 우리 체르노빌 사태를 겪어 봤잖아요. 러시아가 이 전쟁에 개입하면 중국과 북한이 고무되어 이 위기를 큰 전쟁으로 몰고 갈 수 있습니다. 그러나 러시아가 중국, 북한, 미국, 남한에 대해서 중립 선언을 하면, 중국과 북한도 선뜻 나서기 힘들 겁니다. 이 위기를 평화적으로 해결할 수 있는 길이 열릴 수 있어요."

"내 딸아, 네가 많이 컸구나. 네 의견 잘 들었다. 그러면 우리 러시아와 한반도 사이의 관계에 대해 역사학자 입장에서 네 의견을 들어보고 싶다."

푸틴 대통령의 칭찬에 베라의 음성도 한결 부드러워졌다.

"아빠, 결론부터 말한다면 지금까지 우리 러시아가 한국 문제에 개입해서 좋은 일이 별로 없어요. 러시아는 유럽국가에요. 수도 모스크바에서 블라디보스토크까지 거리가 9,288 킬로미터라 기차로 가더라도 1주일은 달려가야 하고, 비행기로도 9시간 이상 걸립니다. 그리고 모스크바와 블라디보스토크 사이에는 거대한 시베리아 평원이 가로 막고 있어요. 그러니까 한국은 모스크바에서 개입하기에는 너무 먼 나라라는 거죠."

베라가 실제적인 자료를 들어 이야기를 하니 푸틴은 고개를 끄덕일 수 밖에 없었다. 그러나 거리를 운운하는 데는 동의할 수 없었다.

"애야, 잘 생각해 봐라. 더 멀리 떨어져 있는 미국도 한국에 시시콜콜 참견을 하는데, 거기에 비하면 러시아는 매우 가까운 편이야."

"원래 러시아와 한국은 별다른 교류가 없었어요. 1884년 조선과 통상조약을 시작으로 두 나라가 관계를 맺기 시작했어요. 물론 1896부터 2월부터 약 1년 동안 조선의 왕이 러시아공사관으로 피신하는 일도 있었고 두 나라 사이도 괜찮았어요. 이

시기에 친러시아 정권이 세워졌지만 오래가지 못하고 다시 일본에게 한반도의 주도권을 넘겨주고 말았죠. 모스크바와 한국은 거리가 너무 멀었고, 러시아는 당시 국내 문제와 유럽의 문제로 한국을 포기했습니다."

"그러면 너는 러·일전쟁에 대해서는 어떻게 생각하느냐?"

"아빠도 아시다시피 러시아는 한반도와 만주에서 주도권 경쟁을 벌이다가 1905년 일본과 전쟁을 했어요. 이 때 우리 러시아는 신생 근대국가인 일본에게 참패를 당해 부끄러운 역사를 남겼죠. 크로파트킨 장군의 지휘로 32만 명의 러시아 군이 만주 심양에서 25만 명의 일본군과 전투를 했는데, 크게 패했죠. 이 때 우리 군대가 10만 명 이상 희생되었어요. 그 해 5월에는 우리가 자랑하는 발틱 함대가 일본의 도고 헤이하치로가 이끄는 연합함대와 한반도 동해에서 대대적인 전투를 벌였는데 불행하게도 처참하게 패하고 말았습니다. 러·일 전쟁에서 패배한 후유증으로 우리 러시아는 유럽 열강과의 경쟁에서 뒤떨어졌고 내부적으로는 군대반란, 농민폭동 등이 일어나 큰 어려움을 겪었어요."

딸의 말을 듣고 있는 푸틴의 머릿속에도 러시아 근대사가 펼쳐지고 있었다. 제 1차 세계대전의 와중에 볼셰비키 혁명이 일어나고 1917년 러시아가 무너졌다는 역사적 사실은 딸의 말을 빌지 않아도 잘 알고 있었다. 게다가 최근에는 러시아의 참패가 일본인 즉 황인종에게 백인종이 패배한 전쟁, 혹은 근대 이후 서구가 최초로 동양에게 패배한 전쟁이라는 점에서 새로운 의미까지 부여되고 있었다.

"그러면 러·일 전쟁 이후 한국과의 관계에 대해서 너는 어떻게 평가하지?"

딸의 해박한 지식에 감동받은 푸틴 대통령은 지대한 관심을 보이며 물었다.

"한국이 일본에 강제로 합병된 후, 많은 한국 사람들이 러시아 연해주 지방으로 찾아 왔어요. 그리고 안전한 러시아 땅에서 힘을 길러 항일 운동을 했지요. 그 때 우리 러시아가 한국의 독립운동 세력을 지원해 준 것은 매우 잘 한 일이었어요."

"우리 러시아는 원래 정의 편에 서서 약소국가를 도와주었단다. 쓸데 없는 일로 전쟁을 일으키는 어리석은 짓은 하지 않는다."

푸틴 대통령은 만면에 미소를 머금고 어깨를 곧추 세우면서 딸을 바라보았다.

"그렇지만 1937년 중·일 전쟁 때, 스탈린 원수가 연해주에 있는 한국 사람들 17만5천 명을 중앙아시아로 강제 이주시킨 것은 결코 잘한 일은 아니죠. 물론 유대인을 비롯해서 소수 민족 사람들을 사방으로 흩어놓은 정책이었으니 한국인에게만 해당되는 비극은 아니었지만요. 게다가 일본과 싸움할 때 한국인들이 일본에게 협력하는 것을 막기 위해서라고 명분을 세웠지만, 연해주의 한국인들 가운데 일본인과 협력할 사람은 단한 명도 없었어요. 진짜 이유는 연해주에서 한국인들의 힘을 약화시키고 한국인들이 개간한 땅을 빼앗기 위해서였죠. 40일간 6,000킬로미터를 여행한 한국인들은 그 해 겨울에 많은 사람이 얼어 죽고 굶어죽었어요. 그렇게 희생되었지만 그들은 새로운 땅, 중앙아시아에서 끈질기게 살아남았습니다. 다시 그곳 땅을 경작했고 도시로 진출해서 그 지역의 지도자가 되기도 했어요. 소비에트 연방공화국이 붕괴된 후 러시아 말을 사용하던 고려인들이 다시 연해주로 돌아 현재 5만 명 가량이 연해주에서 살고 있답니다. 연해주에서 한국인들을 중앙아시아로 몰아낸 것은 러시아의 역사에서 수치스러운 일입니다."

"허허 우리 집에 대단한 친한파가 한 사람 있네."

푸틴은 확신에 찬 딸의 표정을 바라보며 약간 비아냥거리는 투로 말했다.

"우리 러시아 땅에 들어온 고려인들의 삶을 연구해보면 한국 사람이 대단하다는 생각이 들어요. 온순한 듯 강인하고 놀기도 좋아하고 늘 평화롭게 살고 싶은 사람들입니다. 고려인의 역사를 연구하면서 우리 러시아에 이런 민족이 살고 있다는 것이 자랑스럽고 감사했습니다. 고려인들은 우리 러시아에 큰 유익을 줄 사람들입니다. 아빠가 위대한 러시아를 만들고 한국과의 평화를 이루는 데 그들이 중요한 역할을 할 수 있도록 도와주시면 좋겠습니다."

딸 베라의 음성은 차분했고 평화로웠다. 딸의 말을 듣는 푸틴 대통령도 마음이 가라앉아 잔잔해졌다.

"알았다. 그러면 지금 문제를 일으킨 북한에 대해서는 어떻게 생각하는지 네 의견을 듣고 싶다."

"소련의 역사와 러시아의 역사를 연속적으로 볼 것인가, 아니면 단절적으로 여길 것인가는 앞으로 우리가 고민해야 할 문제라고 생각해요. 이 문제가 아직 해결되지 못했기 때문에, 1917년에 일어났던 러시아 혁명 100주년을 기념하는 해를 어정쩡하게 보내고 말았죠. 중요한 것은 북한이 소비에트 연방과 관련되어 태어난 나라이지, 우리 러시아와의 관계에서 생겨난 나라가 아니라는 점입니다."

"아하, 그렇구나! 그러니까 네 말은 우리가 북한에 대해 연연할 것이 없다는 말이구나."

베라의 말에서 무엇인가 새로운 깨달음이 있었다. 북한이 어찌되든, 지금 푸틴 자신의 책임은 아니라는 막연한 생각이 스쳤던 것이다.

"2차 세계대전이 끝난 후 얄타회담에서 38선이 확정되었죠.

38선은 원래 일본군의 무장 해제를 위해 설정한 소련과 미국의 군사 분계선에 불과했어요. 그러나 38선을 중심으로 남한에는 미국의 지원을 받는 이승만 정권이, 북한에는 소련의 지원을 받은 김일성 정권이 세워졌어요. 그리고 이것이 고착되면서 지금의 분단 상황이 생긴 것이죠. 일본이 일으킨 전쟁을 마무리 하면서 그 불똥이 한반도에 떨어진 것인데, 여기에는 미국과 소련의 책임이 매우 커요. 지금도 강대국들은 자신들의 이익과 편의에 따라 약소국들을 다루고 있고, 그 결과 약소국에서는 분쟁, 내전으로 인한 비극이 많이 일어나고 있어요. 분단된 남·북한에 대한 책임이라는 측면에서, 지금의 사태를 평화롭게 해결해야 할 의무가 우리 러시아와 아빠에게 있어요."

"내가 지금 내 딸하고 이야기하는지 한국 대사하고 대화를 하는지 모르겠구나. 그래, 북한에 대해서는 어떻게 생각하느냐고 물었다."

"전후 소비에트 군대가 38도 이북을 점령하고 김일성 장군을 밀어주면서 공산주의 국가를 세웠어요. 그러나 이렇게 세워진 북한은 마르크스나 레닌 동지가 꿈꾸었던 인민을 위한 나라가 되지 못했죠. 결국 자본주의 이전 봉건 왕국에서나 볼 수 있는 3대 세습 왕조 국가가 되고 말았죠. 게다가 불안정하고 예측할 수 없는 정권이 인류문명을 송두리째 파괴할 수 있는 핵무기와 대륙간탄도미사일까지 개발하게 되었어요. 여기에는 북한 정권을 지지해 준 우리 러시아의 책임도 큽니다."

"핵을 가지고 장난하라고 부추긴 적은 없다. 그들도 살기 위해서 무장을 하다 보니 그렇게 된 것이지. 지금은 너무 깊이 빠져들어서 브레이크가 잘 듣지 않는단 말이다. 하지만 김정은이 그렇게 멍청하지 않다. 서방에서는 돼지 꿀꿀이, 로켓보이, 정신병자 등등 갖은 말로 모욕을 하고 있지만 제대로 서구식 교육을 받은 사람이란 말이다. 미국과 한국에서 참수 작전 운운하면서 연일 겁을 주고 있으니 젊은 나이에 정신이 온전하기가 어렵겠지."

푸틴은 자기 딸보다 어린 김정은을 생각하며 측은한 표정을 지었다.

"그래도 한국에 대해서는 러시아의 책임이 커요. 스탈린 원수께서 김일성을 부추기고 밀어줘서 1950년 한국전쟁이 일어났고, 그 결과 한국은 폐허가 되었잖아요. 한국군과 유엔군, 북한군과 중국군이 뒤얽혀 싸우면서 수많은 사람들이 희생되었어요. 그들의 비극은 아직도 진행 중입니다. 나라가 분단된 것도 비극이지만 부모 형제가 헤어져서 얼굴도 보지 못한 채 살아야 한다는 것이 더 큰 아픔이에요. 아빠도 보셨지요? '이산가족 찾기'라는 프로그램이요. 아빠와 제가 영원히 만날 수 없다고 생각해 보세요. 너무 슬플 것 같아요."

딸이 자기와 헤어지기 싫다는 말에 푸틴 대통령의 기분이 무척 좋아졌다. 그동안 서먹하게 지냈지만, 역시 피는 물보다 진하다는 사실을 몸소 뿌듯하게 느낀 순간이었다.

"제가 전에 한국에서 휴전선을 방문한 적이 있었는데, 155마일의 휴전선 철조망이 한반도를 반토막내고 있는 모습이 참 기가 막혔어요. 이 일에도 우리 러시아의 책임이 없다고 말할 수 없다는 게 가슴 아팠고요. 결론적으로 과거부터 지금까지 우리 러시아가 한국 문제에 개입해서 좋은 일 보다는 나쁜 일이 더 많았다는 거에요. 그러니까 이번에는 아빠가 중립 선언을 하시고 한반도의 평화를 위해 애써주세요."

"너 혹시 한국 남자와 사귀고 있는 거 아니야? 왜 그렇게 한국 편을 들고 나서는지 수상하구나."

말은 그렇게 했지만 한국과 관련된 러시아의 역사를 훤히 꿰뚫고 있는 딸의 말에 푸틴 대통령의 생각이 넓어지고 깊어졌다. 이 이야기를 마치고 푸틴 대통령과 딸은 다른 이야기를 나누었다. 다른 여느 아버지와 딸처럼 화기애애하고 즐거웠다. 딸이 일어나려고 하다가 푸틴대통령에게 질문했다.

"아빠, 제가 대학에 들어갔을 때 톨스토이의 〈전쟁과 평화〉를 꼭 읽어 보라고 하셨지요. 왜 그러셨어요?"

갑작스런 질문에 푸틴 대통령은 잠시 당황했다.

"역사를 공부하는 네가 전쟁이 무엇인가를 알았으면 했다."

궁색한 대답을 하면서 자신이 그런 말을 했던가, 오랜 기억을 더듬고 있었다.

"아빠의 말씀대로 전쟁을 연구하면서 평화를 바라게 되었어요. 전쟁 때문에 가장 많은 희생을 당한 우리 러시아가 이제 전 세계의 전쟁을 종식하고 평화를 만들었으면 좋겠어요. 아빠는 꼭 하실 수 있어요. 저는 그렇게 믿어요."

푸틴 대통령은 나라 일에 바빠 딸과 제대로 시간을 나누지 못했는데 그 사이 훌쩍 성장한 딸이 대견스러웠다. 그리고 속으로 중얼거렸다.

'순진한 내 딸아, 우리 세대는 조국을 지키기 위해서 수많은 전쟁에 참여하고 많은 희생을 치렀다. 그 피의 대가를 왜 모르겠니? 그러나 평화를 지키기 위해서는 힘이 있어야 하는 거다. 말로는 평화를 이룰 수 없다. 힘이 균형을 이루어야 평화가 이루어지는 것이다.'

10

빌리 그레이엄의 유언

"트럼프 대통령님. 미국의 트루먼 대통령의
가장 큰 업적이 무엇인지 아십니까?"

워싱턴 미국 대통령 집무실, 비서실에서 트럼프 대통령을 급하게 찾았다.

"대통령님, 프랭클린 그레이엄 목사께서 만나시길 원한답니다."

"아니, 프랭클린이라면 얼마 전 작고하신 빌리 그레이엄 목사의 아들이 아닌가? 그가 대체 무슨 일로?"

트럼프 대통령이 가장 존경하는 분이 바로 빌리 그레이엄 목사였다. 그러나 빌리 그레이엄 목사님은 이미 돌아가셨다. 때 아닌 눈보라에 길이 막혀 먼 길을 돌아가는 수고를 감수하면서 장례식에도 다녀온 터였다. 한 목사의 장례식에 미국의 대통령 부부와 부통령 부부가 나란히 참석하는 것도 유례가 없는 일이었다. 백세를 바라보던 빌리 그레이엄 목사는 부인을 먼저 보내고 잠잠히 살다가, 본인의 말대로 이제 막 천국에 흠인하신 터였다. 그는 인생을 야구 경기에 빗대어 홈에서 출발한 인생이 1루, 2루, 3루를 지나 다시 본향인 홈으로 돌아가는 여행이라고 했다. 자신의 일생을 회고하면서 92세의 나이에 〈새로운 도전 Nearing Home〉이라는 책을 펴내기도 했다. 그런데 빌리 그레이엄 목사님의 아들이 방문을 원한다니, 트럼프 대통령은 깜짝 놀랐다. 프랭클린 그레이엄 목사가 공연히 만나자고 청하진 않을 것이고, 무엇인가 특별히 할 말이 있을 것이다. 궁금한 것이라면 참지 못하는 트럼프 대통령은 곧 만남의 기회를 만들어 보라고 했다.

혹시 예루살렘을 이스라엘의 수도로 인정한다는 발언 때문에 보자고 하는 것일까? 그 선언으로 아랍 세계는 벌집을 쑤신 듯 소란했다. 그것이야 예측을 못한 바는 아니었으나, 유럽의 여러 나라들까지 앞을 다투어 우려를 표명하는 일에 대해서는 약간 섭섭한 마음이 들었다. 속마음은 비슷하면서도 아랍 세계의 눈치를 보고 있는 영국과 독일은 물론이고 교황까지 우려를 표명하자 트럼프 대통령은 심기가 편치 않았다. 굳이 따지자면 예루살렘은 애초부터 유대교와 가톨릭과 기독교 성지가 아니었던가. 거기에다 이슬람까지 자기네 성지라고 하니 십자군 전쟁과 같은 다툼이 일어날 수밖에. 다 같은 아브라함의 자손이라면 사이좋게 공유하면 될 것 아닌가. 공연한 발언으로 화약고를 건드려서 평화를 깨고 있다는 국내외의 여론 때문에 마음이 상했던 트럼프 대통령은 프랭클린 그레이엄 목사가 백악관으로 찾아온다기에 흔쾌히 그렇게 하라고 했다.

빌리 그레이엄 목사는 트루먼 대통령을 비롯해 드와이트 아이젠하워 등 역대 대통령들의 영적인 멘토, 즉 '대통령의 조언자'였다. 몇 년 전 마지막 공개 설교에서 행한 '나는 아메리카를 위해서 울고 있습니다.'I've wept for America라는 제목의 말씀에 많은 감명을 받은 기억이 되살아났다. 미국을 위하여, 미국인들의 영적 각성을 위하여 눈물로 기도한다는 노종의 음성이 다시 들리는 듯 했다.

트럼프 대통령은 반갑게 접견실로 나갔다. 프랭클린 그레이엄 목사와 몸집이 우람한 미국인 그리고 단아한 모습의 작은 동양인 노 신사가 같이 서 있었다. 프랭클린 목사는 그 아버지를 닮아서 알아보겠는데 그 옆에 서 있는 미국인과 은발의 노 신사는 처음 보는 인물이었다. 트럼프 대통령이 궁금한 표정을 짓자, 프랭클린 그레이엄 목사가 입을 열었다.

"이 분은 제이콥 린튼 씨입니다. 부모님이 한국의 선교사로 사역하셨습니다. 초창기 호남 지방에서 활동했던 선교사 유진 벨의 외증손자입니다. 유진 벨은 광주 양림교회를 비롯해서 많은 교회를 세웠고 숭일학교와 같은 학교들을 세워 한국인들에게 교육의 기회를 제공했습니다. 그 후손들은 지금도 한국을 위해 일하고 있는데, 지금은 북한의 결핵 퇴치에 힘쓸 뿐 아니라 북한에 제대로 된 식수를 공급하기 위해 우물을 파주고 어린이들을 돕는 일을 하고 있습니다. 저희 '사마리아인의 지갑'이라는 구호단체와 협력하면서 사이좋게 지내고 있습니다. 혹시 CFK^Christian Friends of Korea라고 들어보셨는지요? '한국의 기독교 친구들'이라는 단체입니다."

트럼프 대통령은 일단 고개를 끄덕였다. 미국이 한국에 복음을 전해준 일에 대해서는 그동안 여러 번 치하를 들어서 새삼스러울 것이 없었다. 궁금한 것은 옆에 있는 한국 노인이었다.

"이 분은 저희 집안과 가깝게 지내는 김장환 목사님입니다. 한국에서 목회를 하신 후 은퇴하셨고, 기독교 방송국을 세워서 운영하고 계십니다. 아버지가 한국에 가서 복음을 전할 때 통역을 하셨지요. 얼마나 영어를 잘 하는지, 미국 사람보다 영어를 더 잘하십니다."

"안녕하십니까?"

트럼프 대통령이 인사를 건네며 손을 내밀었다. 한국인을 동행한 것을 보니 예루살렘 문제는 아니구나, 짐작하면서도 무슨일일까 궁금증이 한층 커졌다.

김장환 목사는 정중하게 허리를 굽혀 한국식으로 인사를 한후에 두 손으로 트럼프 대통령의 손을 꼭 잡았다.

"전에 대통령께서 한국에 오셨을 때 캠프 험프리스 기지를 방문하셨지요. 사실 제가 존 베이너 전前 하원의장님에게 그곳을 방문하시면 좋겠다고 부탁을 드렸습니다. 제 청을 받아 주셔서 감사합니다."

겸손하지만 정확하고 유창한 영어로 김장환 목사가 말했다. 영어를 잘하니 통역을 세울 필요가 없어서 편한 점이 있었다.

"아, 이제 생각이 납니다. 베이너 의원께서 목사님 이야기도하신 것 같습니다. 제가 일이 많다 보니 일일이 기억을 못합니다. 죄송합니다."

평소의 트럼프 대통령답지 않게 예의를 갖추어 말했다.

"별 말씀을 다하십니다. 바쁘신 대통령께서 저 같은 늙은이를 기억하실 틈이 어디 있으시겠습니까? 지난 방문 때에 대통령께서는 세계에서 가장 크고 시설이 잘 갖추어진 캠프 험프리스를 둘러보셨습니다. 한국 사람들이 우리와 함께 나라를 지켜주는 미군을 얼마나 귀하게 여기는지 알 수 있으셨지요? 더구나 우리 대통령께서 캠프 험프리스까지 직접 가셔서 대통령님을 환영하지 않으셨습니까?"

 그러고 보니 김장환 목사가 캠프 험프리스 방문을 추진했던 인물이라는 말을 들은 것도 같았다. 트럼프 대통령은 목사들 앞에서 익살스런 표정을 지으며 말했다.

 "작년에 제가 한국을 방문했을 때, 반대하는 사람들도 많이 있었다고 하던데요?"

 "물론 모든 일에 반대하는 사람은 있게 마련입니다. 하지만, 한국 사람들 대다수는 미국을 좋아합니다. 미국을 반대하는 사람들도 자기 자식들이 미국 유학 가는 것은 말리지 않는답니다. 우리들과 우리의 선배들은 미국 선교사들이 세운 학교에서 근대 교육을 받았고, 미국 선교사들이 세운 병원에서 발전된 의료 혜택을 입었습니다. 한국전쟁 당시 미국이 아니었다면 대한민국은 공산화되어 지금의 북한처럼 되었을 것입니다. 우리 세대는 어린 시절 미국의 원조 물품으로 살았던 기억이 있습니다. 우리 다음 세대는 미국에 가서 공부하고 기술을 익혀서 지금처럼 부강한 나라를 만들 수 있었고요. 물론 소수의 젊은이들 중 미국에 반감을 가진 이들도 있습니다만, 전 세계에서 영어 공부에 가장 힘을 많이 쓰는 나라가 한국일 것입니다."

 김장환 목사님이 잔잔한 미소를 머금고 진지하게 설명했다.

 "그런데 왜 한국은 미국과 중국 사이를 왔다 갔다 합니까?

목사님께서 이 문제를 어떻게 생각하십니까?"

트럼프 대통령이 자기 성격대로 직설적으로 물었다.

"대통령께서 보실 때는 한국 정부가 미국과 중국 사이에서
왔다 갔다 하는 것처럼 보일지도 모릅니다. 중국은 가까운 나
라이고 경제적인 이해관계 때문에 배려하지 않을 수 없습니다.
그러나 대다수 한국 사람들은 근래에 사드 문제로 중국 사람
들을 경계하고 있어요. 관광을 금지시키고 한국 제품 불매운동
을 벌이고, 중국에 진출한 롯데마트를 망하게 만든 행태를 보
며 생각이 많아졌지요. 사실 한국전쟁이 끝난 후 냉전시대에는
'무찌르자 오랑캐, 중공 오랑캐'라는 노래를 공개적으로 부른
기억이 있습니다. 하지만 미국에 대해서는 그렇게 생각하지 않
습니다. 다들 미국을 좋아하는 편입니다. 저도 개인적으로 미국
군인의 도움으로 미국에 와서 공부하고 목사가 되어 한국에서
목회를 할 수 있었지요. 뿐만 아니라 저는 미국인과 결혼해서
한평생 살아오면서 늘 미국에 감사하고 있습니다."

한국 사람들이 미국을 좋아한다는 말을 유창한 영어로 차분
하게 전달하는 김장환 목사를 바라보며 트럼프 대통령의 마음
이 많이 누그러졌다. 마음이 녹녹해진 트럼프 대통령이 말문을
돌려 옆에서 미소 짓는 프랭클린 그레이엄 목사에게 물었다.

"그런데 목사님은 웬일로 이 멀리 워싱턴까지 오셨습니까?"

"지난 번 장례식에 참석해주신 것에 감사를 드리고 싶고, 특별히 아버지께서 대통령께 남기신 것을 전달하려고 왔습니다."

"무척 궁금한데요. 목사님, 어서 말씀하시죠."

트럼프 대통령은 자신의 성격대로 재촉했다. 한국 사람을 동행한 모양으로 보아서는 예루살렘 문제가 아니라 한국에 관한 문제인 듯싶었다.

"대통령님, 우리 군대가 지금 한반도 가까이에 가 있습니다. 대통령께서 명령하시면 바로 전쟁이 터질 수 있습니다. 그러나 공격명령을 조금만 더 유보해 주십시오. 북한이 어떤 적대적인 행위를 하기 전까지 조금만 더 참아주십시오."

빌리 그레이엄 목사가 무엇을 남겼는지 잔뜩 궁금한 판국에 끼어든 김장환 목사의 말에 트럼프 대통령은 심드렁하게 대꾸했다.

"그러지 않아도 한국 대통령이 1주일만 참아 달라고 해서 기다리고 있는 중입니다. 저도 전쟁을 원하는 사람이 아닙니다. 아시다시피 저들이 먼저 우리 하와이를 공격하지 않았습니까? 그런 일을 당하고도 가만히 있으면 바보 아닙니까?"

"저도 알고 있습니다. 하지만 힘 있는 자가 관용을 베푸는 것 아닙니까? 미국이 참아준다고 바보라고 여기는 진짜 바보는 없을 것입니다. 제발 먼저 공격하지 마십시오. 하나님께서 지금 한반도에서의 전쟁을 막기 위해서 일하고 계십니다. 대통령께서 그런 하나님의 뜻에 반하는 행동을 먼저 하지 마십시오. 그것 때문에 빌리 그레이엄 목사님이 유언을 남기셨습니다."

빌리 그레이엄 목사가 한반도의 전쟁 때문에 유언을 남겼다는 말에 트럼프 대통령의 마음에 큰 부담이 생겼다.

"우리가 세계 평화를 위협하는 저런 불량국가 북한을 공격하지 말아야 하는 특별한 이유가 있습니까?"

"예, 있습니다."

김장환 목사의 단호한 답변에 트럼프 대통령의 눈썹이 위로 크게 치켜 올라갔다.

"이 땅 위에 있는 모든 생명을 소중히 여기고 해치지 않는 것이 태초부터 지금까지 변하지 않는 하나님의 뜻입니다. 물론 미국이 북한을 먼저 공격하면 안 되는 다른 특별한 이유도 있습니다."

"도대체 그것이 무엇입니까?"

성질 급한 트럼프 대통령이 김 목사의 말이 채 끝나기도 전에 재촉하듯이 물었다. 무슨 숨겨진 비밀이라도 있는지 격한 호기심이 발동했다. 김 목사는 심호흡을 한 후 천천히 말을 이었다.

"다른 게 아니라 평양은 한국 기독교의 성지이기 때문입니다."

이유 같지 않은 이유에 헛웃음이 나오려는 것을 억지로 참은 트럼프 대통령은 장난스럽게 눈을 크게 떴다. 성지라면 적어도 예루살렘 정도는 되어야 하지 않을까. 유대교는 물론이고 가톨릭, 개신교, 이슬람까지 모두 자기네 성지라고 우기고 있으니 크고 작은 바람이 잘 날이 없긴 하지만 말이다. 예루살렘 때문에 요새 골머리를 앓고 있어서 성지라는 말을 듣자 머리가 지끈거리기 시작했다.

"아니, 교회라고는 눈 씻고 찾아볼 수 없는 평양이 기독교 성지라니? 게다가 세계 평화를 위협하는 악질 김정은이 살고 있는 평양이 동양의 예루살렘이라고요?"

트럼프 대통령은 즉각 반응을 보이면서, 이해가 안 된다는 듯이 고개를 저었다. 평양이나 예루살렘은 그 단어 하나만 들어도 골치가 아픈데, 평양과 예루살렘을 동시에 운운하니 트럼프 대통령은 머리가 더 복잡해졌다. 그렇다고 노인 목사에게 화를 낼 수도 없는 처지라 길게 한숨을 쉬었다.

"옛날에는 그랬는지 몰라도 지금은 북한에 교회도 없습니다. 세계에서 가장 반기독교적인 정권이 있는 곳이 평양 아닌가요?"

평양이 기독교 성지라는 의외의 주장에 트럼프 대통령은 기막히다는 듯이 고개를 저었다. 그러자 프랭클린 그레이엄과 제이콥 린튼 그리고 김장환 목사가 두 손을 모으고 고개를 끄덕이며 동의하는 몸짓을 보냈다.

"대통령님의 말씀이 옳습니다. 그러나 저는 웰 스프링스Well Springs라는 선교단체를 통해 여러 번 북한에 다녀왔습니다. 지금은 많이 나아졌지만 그 백성들의 생활은 말로 표현하기 힘들 정도로 열악합니다. 전기 사정이 안 좋아서 최신식 기계는 무용지물이고 오히려 오래된 중고 기계를 가지고 가서 우물을 파고 있는 실정입니다. 그런데 그 사람들 중에 기독교인들이 참 많습니다. 드러낼 수는 없지만 교회에 다녔던 기억을 가지고 있는 지하 교인들이 자유로운 신앙생활을 꿈꾸며 몰래 성경을 읽고 있습니다. 선처해 주십시오."

우람한 몸집의 제이콥 린튼은 매우 공손하게 두 손을 모으고 말했다.

"그렇습니다. 한 번만 더 생각해 주십시오. 대통령님, 여기 빌리 그레이엄 목사님이 남긴 십자가와 동영상을 들고 왔습니다. 이 십자가는 마지막까지 빌리 그레이엄 목사님이 늘 손에 쥐고 기도하시던 것입니다. 그리고 동영상은 10분도 채 안됩니다. 잠시 시간을 내서 한번 보시지요. 특별히 대통령님께 남긴 것입니다."

프랭클린이 하얀 봉투를 열자 손때 묻은 은 십자가가 나왔다. 작은 진주가 조르르 박힌 십자가를 받아들자 트럼프 대통령의 마음이 뭉클했다. 곧 이어 비서진이 준비한 화면에 돌아가신 빌리 그레이엄 목사의 인자한 모습이 나타났다. 휠체어에 앉은 노^老 목사가 천천히 입을 열었다.

"존경하는 트럼프 대통령님께 이 늙은 목사가 마지막 부탁을 드립니다. 대통령께서 이 영상을 보실 때쯤이면 저는 천국에서 안식하고 있을 것입니다. 우리 미국의 수많은 의사와 간호사들, 그리고 선교사들이 한국 땅을 위해 헌신하고 순교했습니다. 지금은 비록 보여주기 식의 봉수교회 밖에 없지만, 어쨌든 평양은 기독교 성지입니다.

한국이 일본의 식민지 아래 있을 때 평양은 동양의 예루살렘이라고 불렸습니다. 그 때 한국 기독교인의 절반 이상이 평안도에 있었고 당시 한국에서 가장 큰 교회도 평양에 있었습니다. 한국에서 가장 교세가 큰 장로교단의 신학교가 서울이 아니라 평양에 있었습니다. 이승훈, 조만식과 같은 기독교인 민족지도자들이 모두 평안도 사람들이었습니다. 개인적으로는 지금 천국에 있는 제 아내 루스 벨 그레이엄도 선교사 부모를 따라 일제 식민지 시대에 평양에서 4년간 학교를 다닌 적이 있었습니다. 그 때 선교사 자녀를 위한 국제학교가 평양에 있었기 때문입니다.

지금도 북한에는 많은 지하 그리스도인들이 있습니다. 정확하게 그 수가 얼마나 되는지는 알 수 없습니다. 뿐만 아니라 북한은 종전 이후 가장 많은 순교자가 나온 나라입니다. 지금도 북한은 기독교 박해 제1번 국가로 지목되고 있습니다. 성경을 읽다가 들키거나 기독교인이라는 사실이 드러나면 정치범 수용소로 끌려가 죽을 때까지 고초를 당합니다. 때로는 기독교인이라는 이유로 공개적으로 처형되는 경우도 많습니다. 북한에서는 지금도 순교자의 피가 계속 흐르고 있습니다. 순교자의 피가 흐르는 땅을 청교도의 정신으로 세운 미국이 공격해서는 안 됩니다. 메이플라워호를 타고 미국으로 건너온 청교도들은 순교자의 후손들이었습니다. 순교자의 후손들이 세운 미국이 순교자의 피가 흐르는 북한 땅을 공격해서 피를 흘릴 수는 없습니다. 이것은 하나님이 원하시는 바가 아닙니다.

자신의 입지를 세우기 위해서 혹은 추문을 가리기 위해 무모한 전쟁을 일으킨 사례들을 우리는 역사에서 많이 찾아볼 수 있습니다. 그런 일을 통해 순간적으로 그 위기를 모면할지는 모르지만 영원히 역사에 오명을 남기게 됩니다. 저는 지혜로운 우리 대통령님께서 현명하게 판단하실 줄로 믿습니다. 부디 평화의 사자가 되어주십시오. 저는 천국에서도 대통령님을 위하여 기도하겠습니다."

미국에서 존경받는 노 목사께서 평양을 기독교의 성지라 하고, 순교자의 피가 흐르는 땅이라고 간곡히 말하자 트럼프 대통령의 마음에도 작은 파문이 일어났다. 더구나 존경하는 목사님이 평양을 공격하는 것은 하나님의 뜻이 아니라고 간곡하게 만류하니 순간적으로 트럼프 대통령의 마음이 크게 흔들렸다. 이 모습을 놓치지 않고 김장환 목사는 말을 이었다.

"남한의 그리스도인들도 전쟁이 일어나지 않도록 간절히 기도하고 있답니다. 저는 1973년 한국 여의도 집회에서 통역을 한 적이 있고, 한국 그리스도인들에 대해서는 잘 알고 있습니다. 예전보다는 못하지만, 한국 그리스도인들이 나라와 민족 그리고 평화를 위해 올리는 기도는 지금도 뜨겁게 계속되고 있습니다. 전 세계에서 새벽마다 모여서 기도를 하는 교회는 한국의 교회 밖에 없습니다. 한국의 그리스도인들은 새벽마다 나라를 위해서 기도하면서 전쟁이 일어나지 않게 해 달라고 부르짖고 있습니다. 하나님께서는 이 기도를 듣고 계십니다. 하나님께서 독일의 퓨러 목사님과 니콜라이 교회의 기도를 들으시고 독일에 평화 통일을 허락하셨습니다. 하나님께서 한국 그리스도인들과 교회의 간절한 기도를 들으시고 한반도에 평화를 내려 주실 것입니다. 하나님의 뜻에 따라 세워진 나라 미국이 주님의 뜻을 깨뜨리면 안 됩니다. 그러니 미국이 북한을 먼저 공격하는 일은 생기지 않았으면 합니다."

한국 목사의 간절한 마음이 트럼프 대통령에게 잔잔하게 전해졌다.

"트럼프 대통령님. 미국의 트루먼 대통령의 가장 큰 업적이 무엇인지 아십니까?"

김장환 목사가 갑자기 70여 년 전 트루먼 대통령의 이야기를 꺼내자, 그 의도를 알지 못하는 트럼프 대통령은 눈만 껌벅였다.

"트루먼 대통령이 인류의 역사에 남긴 가장 큰 업적은 만주에 원자폭탄을 투하하지 않은 것입니다. 당시 한국전쟁을 총지휘하던 맥아더 원수가 만주에 원자폭탄을 던져 중국군을 막고 한국을 통일시켜야 한다고 주장했습니다. 그러나 트루먼 대통령은 그것을 거절하고 오히려 맥아더 원수를 해임시켰습니다. 한국 사람들 가운데는 그 때 트루먼 대통령이 맥아더 원수의 말을 듣지 않은 것을 몹시 아쉬워하는 사람도 있습니다. 비록 남·북한이 분단되어 많은 고통을 당하고 있는 것은 사실이지만 그 고통의 무게가 수십만이 될지 아니면 수백만이 될지 알 수 없는 중국 사람들의 생명과 바꿀 수 있을 만큼 무겁지는 않습니다."

트럼프 대통령이 진지하게 듣고 있는 것을 보자 김 목사님은 숨을 돌리고 나서 천천히 말을 이었다.

"하나님은 의로운 사람과 불의한 사람 모두에게 햇빛을 비춰주시고, 선한 사람과 악한 사람을 구분하지 않고 그 밭에 비를 내려 주십니다. 하나님의 보편적인 은혜와 사랑은 믿는 자나 믿지 않는 자에게나 다 같이 임하고 계십니다. 아무리 명분이 있고 정당한 일이라 해도 피를 흘리는 일은 조심해야 합니다. 다윗 왕이 하나님의 성전을 짓는 영광스러운 지위를 얻지 못한 이유가 무엇입니까? 피를 많이 흘렸기 때문이 아니겠습니까? 예수 그리스도께서 십자가 위에서 피를 흘리신 것은 우리 인간들 사이에 더 이상의 피 흘리는 일이 없도록 하기 위함이었습니다. 대통령께서 이 사실을 기억하시고 전쟁과 피 흘리는 일에 앞장서지 마시길 부탁드립니다. 하나님께서 북한 땅의 수많은 생명을 살리기 위해서 무엇인가 하실 것입니다."

비록 영상이지만 빌리 그레이엄 목사의 간절한 평화 메시지에 이미 감동을 받은 트럼프 대통령은 망설이지 않고 김장환 목사의 손을 잡았다.

"알았습니다. 하나님이 북한 땅을 위해 지금 이 시간 무엇인가 하고 계시다는 말씀은 솔직히 무슨 뜻인지 잘 모르겠습니다. 아무튼 우리가 먼저 공격하지는 않겠습니다. 그러나 북한이 하와이 공격에 대한 납득할 만한 답변과 조치를 취하지 않으면 그 때는 가만히 있을 수 없습니다. 원산 앞바다를 향하고 있는 우리 항공모함이 빈손으로 돌아오지는 않을 것입니다. 좋은 결과가 나올 수 있도록 목사님 계속 기도해 주십시오."

김장환 목사는 고개를 끄덕이고 잔잔한 미소를 지었다. 그러나 돌아서기 전에 꼭 할 말이 있다는 듯이 다시 입을 열었다.

"그리고 또 한 가지, 정말 중요한 일이 있습니다. 역사는 시간이 흐르고 나면 진실을 말합니다. 클린턴 대통령이 르윈스키와의 성추문을 덮기 위해서 코소보 사태를 방조했다는 설이 나오고 있습니다. 얼마나 많은 사람들이 비참하게 죽었습니까? 정치권에서 흔히 행하는 일입니다. 만일 그게 사실이라면 하나님 앞에 얼마나 큰 죄악입니까? 요사이 항간에는 대통령께서 재선을 염두에 두고 재력가인 유대인들의 지지를 받기 위해 예루살렘 발언을 하셨다는 말이 돌고 있습니다."

그 말을 듣는 트럼프 대통령의 얼굴이 순식간에 붉으락푸르락 변했다. 하지만 노 목사는 할 말을 다 하겠다는 듯이 다가와서 대통령의 손을 잡았다.

"저는 대통령께서 국내 정세 회복이나 지지도를 만회하기 위해 다른 나라의 전쟁을 부추겼다는 역사의 평가를 받는 것을 원하지 않습니다. 하나님께서 대통령을 평화의 도구로 사용하시면 재선을 물론이고 역사에 길이 남는 영광스러운 대통령이 되실 것입니다. 아브라함 링컨도 재직 당시에는 얼마나 조소를 받았습니까? 심지어 원숭이라고 놀림도 받았지요. 하지만 그는 가장 위대한 미국의 대통령이 아닙니까? 저는 트럼프 대통령께서 위대한 미국, 정의와 평화를 수호하는 미국의 위대한 대통령이 되시길 기도하겠습니다. 이 늙은이의 마지막 소원입니다."

백악관을 나오는 프랭클린 그레이엄 목사와 제이콥 린튼은 안도의 표정을 지었고 동행한 김장환 목사의 두 눈에서는 눈물이 흘러 나왔다. 세 사람은 간절한 마음으로 기도하면서 백악관을 걸어 나왔다.

"주여, 이 땅에 평화를 주소서. 트럼프 대통령이 구약성경 에스라서에 나오는 고레스 왕이 되어 평양과 북한 땅을 회복하게 하소서."

11

진시황제의 유령

'전쟁이 터지면 개입해야 하는가, 방관해야 하는가?

개입한다면 어느 정도 선까지 개입해야 하는가?'

베이징 시진핑 주석 집무실, 시진핑 주석은 창밖을 내다보며 고민에 빠져 있었다.

미 항공모함이 원산항 가까이 다가오고 있다는 보고가 시시각각 들어오고 있었다. 서울에 있는 한국계 중국인들은 여전히 그대로 머물고 있으며 동북 3성에 있는 조선족 중국인들도 계속 북한으로 들어가고 있다는 소식도 들어왔다. 북한은 이들을 무제한으로 받아들이고 있었다. 아직 전쟁이 터진 것도 아닌데 출입제한 조치를 취하기도 애매했다.

김정은이 아직 미국에 납득할 만한 조치를 취하지 않았고,

당장은 미국이 북한에 대해 어떤 태도를 취할 지가 변수였다. 그동안 북한을 압박하라는 미국의 요구를 '할 만큼 했다'고 일축하지 않았던가. 하지만 이번 일은 사안이 다르다. 북한이 미국의 영해를 침공한 만큼, 미국에 유리한 빌미를 주고 말았다. 만일 미국이 북한을 공격하면 어떻게 할까, 시진핑 주석의 고민이 커지고 있었다.

'중립적인 태도를 취해야 하는가, 아니면 북한의 편을 들어야 하나?'

중립적인 태도를 취했다가 미국이 북한을 완전히 점령하는 일이 발생한다면? 미국의 공격을 받으면 공동 대처하기로 되어 있는 북한과의 협약은 또 어떻게 할까? 북한에서 수백만의 난민들이 압록강과 두만강을 넘어온다면? 김정은이 미국의 항공모함을 되돌릴 만한 묘안을 가지고 있을까?

이 모든 것에 대한 명확한 답이 나오지 않아서 머리가 지끈지끈 했다. 여러 차례 회의를 열었지만 정치국상무위원들과 군의 견해도 제각각이어서 뜻을 모으기 어려웠다. 한마디로 뾰족한 대책이 떠오르지 않았다. 며칠 동안 대책 회의를 하고 북한, 미국, 일본, 한국, 러시아의 동향에 대한 수많은 보고를 들으면서 시진핑 주석의 몸과 마음이 피곤해졌다.

그럴 리는 없겠지만 북한의 일에 간섭하다가 미국과 전면전이라도 벌어진다면? 그동안 어렵게 일구어 놓은 눈부신 경제성장, 고층 빌딩이 숲을 이룬 세계적인 대도시 베이징과 상해, 선전 특구 등, 그 위로 폭탄이 떨어질 것이라는 생각만 해도 머리가 지끈거렸다.

"북조선과 접경지대로 군대를 배치시키고 우선 항공모함 '랴오닝'을 서해에 배치시키시오. 그리고 새로 개발된 '산둥호', 즉 001A형을 실전에 바로 투입할 수 있겠소?"

"산둥호는 랴오닝과 비교할 수 없을 정도로 성능이 무척 향상되었습니다. 하지만 아직 훈련을 해보지 않았습니다. 그러나 긴급사태에 투입할 수는 있습니다."

시진핑 주석은 고개를 끄덕거렸다. 중조中朝 국경 지역에 인민해방군을 집결시켰고 만약의 사태에 대비하여 몇 년 전 새로 만든 항공모함을 서해안에 띄워 놓았다. 그는 전쟁의 가능성을 생각하면서 중국의 항공모함과 미국의 항공모함을 비교해 보았다. 중국이 숨 가쁘게 과학 발전을 이루어 가고 있지만 아직 그 성능이나 훈련의 정도에 있어서 어린아이와 같았다. 미국 해군은 수많은 전쟁의 경험을 가지고 있는데 비해 중국 해군은 장구한 역사 가운데서 변변한 전투 경험이 없는 것이 마음에 걸렸다.

미국이 최근에 개발을 완료했다는 '제럴드 포드' 항공모함은 자체 원자로를 가지고 있어서 외부의 연료 공급이 없어도 20여 년 동안 항해할 수 있고 수명이 50년이나 된다고 자랑하고 있다. 게다가 미국 해군의 항공모함 '에이브러햄 링컨'은 니미츠급 10대에 해당하는 전력을 지니고 있다지 않은가.

'전쟁이 터지면 개입해야 하는가, 방관해야 하는가? 개입한다면 어느 정도 선까지 개입해야 하는가?'

간단하지만 결정하기 어려운 문제이고 어떻게 결정하든 그 결과는 심각했다. 중국의 역사와 현실을 생각하며 깊은 상념에 빠졌다가 눈도 쓰라리고 머리까지 지끈거리자 시진핑 주석은 잠시 눈을 감았다.

그 때 눈앞이 환하게 열리며 엄청난 빛 가운데 누군가 자신을 불렀다. 너무 강력한 빛 때문에 눈을 제대로 뜰 수 없었다.
"시진핑, 내 말을 들어라."
그 목소리는 분명 그렇게 말했다. 감히 이 대륙에서 나에게 반말을 하는 자가 있다니, 생각은 그렇게 했지만 말은 공손하게 나갔다.
"누구이십니까?"
"나는 진시황이다."

짧지만 위엄이 있는 목소리였다. 진시황이라니? 지금 저 자가 나를 놀리는 것인가? 진시황이라면 BC 221년 중국을 처음 통일하고 최초로 중국의 황제가 된 분이 아닌가. 그가 세운 나라 이름 진秦이 지금의 China가 되었다는 것은 머리에 먹물이 조금이라도 들은 자는 다 알고 있는 사실이다.

"황제께서 어인 일이십니까?"

"너는 지금 미국과 북한이 전쟁을 하면 어떻게 처신해야 할지, 고민하고 있지 않느냐?"

"예, 그렇습니다."

이게 귀신인가, 사람인가, 어떻게 내 마음속의 일을 콕 집어 이야기 한단 말인가. 그런 의문을 가지면서도 시진핑 주석은 저항할 수 없는 힘에 이끌려 계속 대화를 이어가고 있었다.

"어떻게 하려느냐?"

"최대한 전쟁이 일어나지 않도록 노력하고 있습니다만, 막상 전쟁이 터지면 어떻게 해야 할지 아직 확실하게 결정을 못했습니다."

"그렇다면 시진핑 주석은 내가 묻는 말에 대답해 보라."

"알고 있는 한, 성실하게 답변하겠습니다."

"좋다. 첫 번째 질문이다. 중국의 길고 긴 역사 속에서 한반도에 군사 행동을 해서 그 결과가 좋았던 적이 있었더냐?"

"……."

"왜 답이 없느냐?"

"갑자기 질문을 받으니 생각이 나질 않습니다. 죄송합니다."

시진핑 주석은 그렇게 답을 하면서 자신이 알고 있는 모든 역사 지식을 떠올리고 있었다. 한반도는 오래전부터 중국의 속국이라는 관념이 지배적이었기 때문에 명나라를 받들던 조선 이외에는 딱히 생각나는 것이 없었다.

"잘 들어라. 나를 이어 중국을 통일한 한나라는 한반도로 들어가 한사군을 세웠지만 별 재미를 못 보고 돌아왔다. 수나라는 고구려를 공격했다가 을지문덕이라는 고구려 장수에게 참패를 당하고 그 일로 결국 나라가 망하고 말았다."

"아, 그렇습니까?"

시진핑 주석은 머리를 조아렸다. 그런 일을 들었던 것 같기도 하고, 처음 듣는 소리 같기도 했다.

"신라가 삼국을 통일을 할 때, 당나라는 신라의 꼬임에 넘어가 백제와 고구려와의 전쟁에 참여하여 많은 희생을 당했다. 하지만 별다른 유익도 없이 신라왕에게 쫓겨나고 말았다. 거란족의 요나라도 고려를 공격했다가 귀주에서 고려의 강감찬 장군에게 참패를 당하고 결국 그 일로 나라가 크게 흔들렸다. 원나라가 고려를 점령해서 상당 기간 재미를 본 것은 사실이다. 그러나 엄밀한 의미에서 원나라는 몽고 사람들의 나라다. 우리 한족의 나라는 아니지 않느냐?"

"그렇습니다."

듣고 보니 과연 그렇구나, 한 번도 생각하지 못한 일을 진시황제가 말씀하고 있었다.

"일본의 도요토미 히데요시가 조선을 공격해 왔을 때 명나라가 조선을 도와준다고 가담한 일이 있었다. 물론 전쟁에서 이기기는 했지만 우리 군사만 많이 희생되고 실익은 없었다. 더구나 이 일로 나라가 약해져서 명나라는 결국 망하지 않았느냐? 명나라를 이은 청나라 역시 조선을 침공하여 조선의 왕을 남한산성에서 무릎을 꿇게 하는 호기를 부렸지만 막상 실익은 없었느니라. 엄밀히 따지면 청나라 역시 만주족의 나라이지 우리 한족의 나라가 아니다."

"네, 그렇습니다."

대답을 하는 시진핑 주석의 입맛이 썼다.

"청나라 역시 조선에서 그 우위권을 지키기 위해서 일본과 전쟁을 벌였다가 크게 패배하고 망신만 당했느니라. 그 청·일 전쟁으로 청나라는 종이 호랑이라는 것이 드러나 전 세계의 웃음거리가 되었고 모욕을 당하지 않았느냐?"

"……."

"지난 세기에는 어땠느냐? 현재 문제가 되고 있는 김정은의

할아버지 김일성이 조선해방전쟁을 일으켰다가 한국군과 유엔
군에게 밀려 평양을 빼앗긴 적이 있었다. 그 때 김일성의 유창
한 중국어에 마음이 혹한 모택동이 많은 군대를 파병했다. 장
진호 전투에서 큰 승리를 거두었다고 자랑했지만 얼마나 많은
목숨이 희생을 당했느냐? 인해전술이라는 비웃음을 받으며 총
에 맞아 죽은 사람보다 얼어 죽은 사람이 더 많았다. 평양을 탈
환하고 서울까지 내려갔지만 결국 또 다시 밀려나서 현재의 휴
전선이 만들어졌다. 그걸 알고 있느냐?"

"예, 알고 있습니다."

시진핑이 공손하게 대답을 했다.

"너희 중화인민공화국이 전쟁의 신이라고 자랑하는 팽위덕
에게 수많은 병사를 주어서 싸움을 했지만 결국 무승부가 되
고 말았다. 이 전쟁에 참여한 외국 군대 가운데 어느 나라 군대
가 가장 많은 피해를 입었느냐? 대답해 보라."

"우리 중국 군대입니다."

시진핑 주석이 한풀 꺾인 낮은 목소리로 대답했다.

"잘 알고 있구나. 공군과 해군이 절대적으로 열세하니까 인
해전술이라는 모욕적인 말을 들으면서 육군 위주로 싸움을 했
다. 결국 미군의 공습을 받아 우리 중국 군인들이 엄청나게 희
생되고 말았다. 전투에서 사망한 14만 명을 포함해서, 부상자
와 실종자까지 합하면 40만 명의 인명피해가 있었다. 내 말이

맞지 않느냐? 전 세계에서 사납기 짝이 없는 미국 장군 맥아더가 만주 땅에 원자폭탄을 던지려고 했지만 그래도 사려 깊은 트루먼 대통령이 반대를 해서 간신히 위기를 면했다. 그 때 중국에 원자폭탄이 없었는데, 만일 맥아더 말대로 했다면 큰 낭패를 보지 않았겠느냐?"

"진시황제께서는 그 때 계시지도 않았는데 어찌 그리 잘 아십니까?"

시진핑 주석은 자신도 기억하기 힘든 역사를 줄줄 이야기하는 진시황제에게 이렇게 물었다.

"이 세계에서는 지나간 일을 소상하게 알게 된다. 앞으로의 일도 대략 알 수 있고…. 그래서 내가 너에게 직접 나타난 것이 아니냐? 나에게 허락된 시간이 별로 남지 않았으니, 하던 말을 계속 해야겠다."

진시황제가 앞으로의 일을 언급한다니, 시진핑 주석의 눈이 크게 떠졌다.

"너도 알다시피 이렇게 실익 없이 싸움을 하다 많은 희생을 치르고 전쟁은 끝났다. 게다가 꾀바른 한국 대통령 이승만이 휴전을 대가로 한미상호방위조약을 맺어서 미군을 붙잡아 놓았다. 그 결과 지금 너희가 가장 신경 쓰고 있는 미군이 한국에 주둔하고 있지 않느냐? 내가 최초로 중국을 통일한 후에, 오랜 세월에 걸쳐 여러 나라들이 생기고 또 멸망했다. 나의 후손들이 세운 많은 나라들이 한반도에서 군사적 활동을 했지만 지금까지 역사를 살펴보면 좋은 일보다는 손해 본 일이 훨씬 많았다.

한국이라는 나라는 그렇게 만만한 대상이 아니다. 너희들의 욕심과 미국에 대한 두려움을 이용해서 북한의 김정은이 너희들을 마음대로 주무르고 있지 않느냐? 모택동이 김일성에게 넘어가서 한국전쟁에 참여한 것처럼, 김정은에게 쏠려서 많은 중국인민들을 희생시킨 과오를 네가 또 저지르려고 하느냐?"

과연 듣고 보니 그런 것 같았다.

"황제께서 하신 말씀 명심하겠습니다. 황제께서 친히 저에게 나타나셔서 말씀하시니 저도 한 가지 여쭐 말씀이 있습니다."

"그것이 무엇이냐?"

"솔직히 저는 미국 때문에 말할 수 없이 성가십니다. 미국은 괌에다 무시무시한 무기를 쌓아 놓고 일본과 한국에 군대를 주둔시키고 있습니다. 우리 중국에서 모든 좋은 것을 배워간 한국과 일본, 다시 말해서 우리 한자문화권의 울타리 안에 있던 일본과 한국이 미국과 밀착해서 우리를 위협하고 있습니다. 이번에는 우리 중국의 턱밑, 한국의 성주에 사드를 배치해 놓고 미국의 미사일 방어체제 아래로 들어가려고 했습니다. 너무 화가 나서 중국에 들어와 있는 한국의 기업 롯데를 혼내주었습니다. 이 일로 한국 사람들에게 대국의 소인배라는 욕을 듣고 있습니다만…."

"사드 그것이 그렇게도 신경이 쓰이느냐? 그까짓 거 별것 아닌 것을 너도 잘 알고 있지 않느냐?"

"사드 그 자체보다도, 그게 거기에 있으면 우리는 사드를 방어하는 데 엄청난 비용과 힘이 듭니다. 불필요한 일에 힘을 써야 한다는 사실에 화가 나서 한국이 미워졌습니다. 그것도 모자라 미국은 우리 중화인민공화국의 목에 걸린 가시 같은 대만에게 심심찮게 무기를 팔면서 우리를 괴롭히고 있습니다. 과거 로마 제국과 칭기즈칸의 몽골 제국 이후 저렇게 악착스럽고 싸움 잘하는 오랑캐들을 본 적이 없습니다. 미국은 그 동안 100년 가까이 세계 최고의 강대국으로 군림하면서 세계를 마음대로 주무르고 있습니다. 저 세력이 앞으로 100년은 더 갈 것 같습니다. 그러면 몽골 제국은 말할 것도 없고 로마 제국보다도 더 강한, 인류 역사 속에서 가장 강력한 제국이 될 것 같습니다. 인류 역사상 가장 힘이 강한 미국 오랑캐가 한국, 일본, 대만, 필리핀, 인도와 손을 잡고 우리 중국을 둘러싸며 옥죄고 있습니다.

지금의 모든 일들도 근본을 따지고 보면 미국 오랑캐 때문에 생긴 일입니다. 저 미국 오랑캐들을 어떻게 다루어야 하겠습니까?"

시진핑 주석은 차마 체면상 꺼내지 못했던 속마음을 털어놓으면서 진시황제에게 조언을 청했다.

"시 주석, 미국에게 오랑캐, 오랑캐 하지 마라. 미국의 눈으로 보면 우리 중국이 지금 오랑캐가 아니냐. 우리 중국 백성들이 하는 행동은 한국이나 일본과 비교해도 오랑캐의 모습이다. 미국의 어느 선비가 말하기를 부드러운 힘soft power이 오랑캐를 규정하는 기준이라고 했다.

미국이나 한국을 오랑캐라고 탓하지 말고 찬란한 중화 문명의 빛을 온 땅에 비추도록 해라. 그리고 미국을 두려워하지 마라. 유구한 중국의 역사를 보면 우리 한족의 땅을 공격하여 빼앗으려고 덤빈 나라는 모두 다 망하고 말았다. 걱정 말고 안심해라."

"우리를 건드리는 놈들이 좋을 리가 없다는 걸 모두 알아야 합니다."

시진핑 주석이 힘이 나서 대꾸를 했다.

"중국을 침략해서 나라를 세우고 인류의 역사상 가장 방대한 영토를 가졌던 원나라의 몽골족은 지금 저 북쪽으로 도망쳐서 간신히 명맥을 유지하고 있는 형편이다. 금나라, 청나라를 세워 중국을 지배했던 만주족들도 모두 망하고 말았다. 영국도 아편전쟁을 일으켜 중국의 땅을 빼앗았지만 다시 뱉어내고 말았다. 홍콩도 결국 돌려주지 않았느냐. 일본도 만주사변을 일으키고 중·일전쟁을 일으켜 중국 땅을 빼앗으려 했지만 결국 실패하고 말았다. 중국의 역사 가운데서 중국을 침공한 그 어느 나라 어느 민족도 그 뜻을 이룬 적이 없었다. 일시적으로 중국을 지배한 적은 있지만 중국 전체를 오래 지배하지 못했다.

몽골족이나 만주족처럼 중국을 상당 기간 지배했더라도 결국 그들은 중국에 흡수되고 말았다. 이것은 우리 한족이 전 세계 인구의 오분지 일을 차지하고 있을 뿐 아니라, 넓고 비옥한 땅과 위대한 문화를 가지고 있기 때문이다."

진시황의 말을 듣고 있는 시진핑 주석의 얼굴이 환하게 펴졌다. 하긴 이 세상의 어느 나라가 인구 13억이 넘는 중국 사람들을 다스릴 수 있겠는가. 지배하려고 덤비다가 오히려 흡수될 위험이 더 클 것이다.

"그러니까 미국을 두려워할 필요가 없다. 그들이 중국을 견제하는 것은 사실이지만, 19세기 식민지 시대처럼 중국을 지배할 의지도 없고 능력도 없다. 공연히 미국과 패권다툼을 하지 말고 평화롭게 지내도록 해라. 6·25전쟁도 결국 미국과 중국의 전쟁이었지. 또한 이번 전쟁의 위기도 미국과 중국이 서로 견제하고 다투기 때문에 생긴 것 아니냐? 그러니 한반도에서의 전쟁을 막고 평화를 이루기 위해서 너는 미국과 평화를 이루도록 하라. 그러니 역사가 짧은 미국을 두려워하지도 시기하지도 말고 우리 중국의 힘과 문화에 대해 자신감을 가져라."

"네, 그렇게 하겠습니다."

시진핑 주석은 이미 중국의 힘과 문화에 대한 자부심이 강한 사람이었다. 뤼신의 소설에 나온 것처럼 중국 백성은 더 이상 '아큐'처럼 어리석지 않다. 중국은 언제나 대국이었고, 대국 백성의 체모를 잃지 않아야 한다. 걱정이 있다면 백성의 수가 너무 많아서 뜻대로 교육을 시킬 수도 없고, 문화 시민이 되기에는 교양이 한참 부족하다는 점이다. 그러나 중국 인민들의 교육수준이 점차 향상되고 있고 문화생활도 수준이 높아지고 있으니 불가능한 일은 아니었다. 어쨌든 경제는 성장하고 있으니 민도를 높이는 일은 그 다음 과제였다.

"너는 세계의 평화를 이끌어 가고 온 인류를 복되게 해야 하는 중요한 책임을 가지고 있다. 미국과 다투지 말고 서로 손을 잡고 인류의 평화를 위해 일하면서 위대한 중국을 만들도록 하라."

황제의 말씀이 이어졌다.
"황제께서 세계 평화를 말씀하시는데, 그 구체적인 방법을 말씀해 주시면 감사하겠습니다."
시진핑 주석이 다시 머리를 조아렸다.

"세계 평화가 깨어진 것은 따지고 보면 모두 제국들이 주변 국들을 침략했기 때문이다. 인류 최초의 제국이라 할 수 있는 아시리아 제국이 주변 국가를 침공해서 세계 평화가 깨진 이래로 바벨론, 페르시아, 그리스, 로마 등 수많은 제국들이 등장해서 주변국을 침공했고, 그 결과 평화가 깨졌다.

19세기는 물론이고 20세기에도 영국, 독일, 군국주의 일본, 소비에트 연방, 미국 그리고 우리 중국도 성격과 정도는 차이가 있지만 마찬가지 아니냐? 크고 강한 나라가 자기들의 이익을 위해 약한 나라를 침공해서 세계 평화가 깨지는 것이다. 그러니까 세계 평화를 위해서는 중국을 비롯하여 모든 크고 강한 나라들이 절제하고 욕심을 내려놓아야 한다.

그래야 세계 평화를 이룰 수 있고 자신의 나라도 잘 보존할 수 있느니라. 영토와 지배의 욕심으로 다른 나라를 침공하여 전쟁을 일으키고 평화를 깨뜨린 나라는 결국 다 망하고 말았다. 세계의 역사는 제국의 역사이며, 제국의 역사는 멸망의 역사이니라."

"세계 평화를 위하여 제가 중국을 어떻게 이끌어가야 합니까?"

"좋은 질문이다. 우선 땅과 인구에 대한 욕심을 버려라. 우리 중국은 백성을 먹여 살릴만한 충분한 땅을 가지고 있느니라. 그리고 인구에 대한 욕심도 버려라. 중국은 세계 인구의 오분지 일을 가지고 있다. 13억인지 14억인지도 확실치 않은 많은 인구가 있다. 이 땅 위에서 가장 많은 인구를 잘 먹이고 행복하고 평화롭게 살도록 하는 것만으로도 네 역할은 충분하다. 그러니

다른 나라의 땅과 다른 나라의 백성들까지 넘보지 마라."

시진핑 주석이 무슨 의미인지 고개를 끄덕거렸다.

"내가 중국을 통일한 후에 3가지 중요한 일을 했다. 첫째, 군
현제를 실시하여 통일 왕국의 통치 기반을 만들었다. 둘째, 만
리장성을 쌓아서 중국 땅의 경계를 정했다. 셋째, 서로 다른 형
태로 사용되던 문자를 통일시켰다. 간단히 말하겠다. 중국 언
어를 사용하는 사람들만 중국 백성으로 알고 그들만 잘 통치하
도록 하라. 중국 언어를 사용하지 않는 사람들의 땅을 침공하
지도 말고 중국 언어를 사용하지 않는 사람들을 지배하려고 하
지 말라. 그러면 평화가 올 것이다."

"아, 중국어를 사용하는 사람이 우리 백성이라고요? 중국내
에 있는 여러 소수민족도 불안의 씨앗이라고 생각했는데, 중국
어를 사용하면 우리 백성이라고요. 잘 알겠습니다."

갑자기 새로운 깨달음으로 깜짝 놀란 시진핑 주석은 눈을 번
쩍 떴다. 꿈이었나. 아무리 꿈이라지만 중국의 터전을 잡은 진
시황, 그가 꿈에 나타난 것이 너무나도 놀라왔다. 중국 역사에
서 한민족이 세운 나라 가운데서 가장 넓은 땅을 가지고 있는
중화인민공화국! 이 넓은 땅을 어떻게 잘 다스리면서 평화를
이룰 수 있을지 깊이 생각하게 되었다.

12

판문점의 밥퍼

"발은 안 넘어 갔습니다.

분계선을 넘는 기준은 손입니까? 발입니까?"

서울 청와대, 대한민국 대통령 집무실.

밥퍼 목사가 대통령을 찾아왔다. 그리고 판문점에 가서 밥을 푸게 해 달라고 간청했다. 뜬금없이 무슨 소리인가, 평소에 밥퍼 목사와 친분이 있던 대통령도 의아했다. 이 난리가 몰아치려는 판국에 판문점이라니, 또 거기서 밥을 해서 먹인다니? 보통 사람이라면 상상도 할 수 없는 일을 하겠다고 나오는 밥퍼 목사가 이상해 보일 정도였다. 서울을 빠져 나가라니까 오히려 더 위험한 판문점으로 가게 해달라고 요구하고 있으니 무슨 영문인가. 국방부 장관 선에서 너무 위험하니 허락할 수 없다고 이미 거절했다는 보고가 들어왔다. 그러나 밥퍼 목사는 대통령 께 직언하겠다고 끈질기게 졸라댔다.

"대통령님, 트럼프 대통령과 김정은 위원장이 전쟁을 일으켜 서울에 핵폭탄이 터지고 미사일이 날아와서 우리들이 죽는다면, 억울하고 답답하지만, 어쩔 수 없는 일입니다. 아무래도 피난한 민간인보다는 전투에 참여하는 젊은 군인들의 희생이 크겠지요. 어쩌면 그것이 이 땅에 태어난 젊은이들의 숙명 아닙니까? 그러나 원하지 않는 전쟁에 끌려들어 남·북한 군인들끼리 서로 죽일 필요가 있을까요? 그들이 무슨 원한이 있고 언제 원수 맺은 일이 있다고 서로 총부리를 겨누겠습니까?"

"그렇다고 판문점에 가시겠다는 것은 무슨 뜻입니까?"

대통령이 밥퍼 목사를 향해 건조한 음성으로 물었다.

"어차피 전쟁은 워싱턴과 평양, 그리고 서울에서 결정하는 것이지 판문점이나 휴전선에서 결정하는 것이 아니지 않습니까? 핵무기와 그에 준하는 압도적인 화력을 가지고 싸우게 될 이번 전쟁은 인류 역사상 처음 일어나는 전쟁입니다. 그러므로 이 전쟁은 전선이 없는 전쟁입니다.

휴전선에서 아무리 빠르고 강력한 기갑 부대가 평양을 공격한다 해도 미국 본토에서 날아오는 미사일보다 더 빠르고 강하게 평양을 파괴할 수 없습니다. 그러니까 휴전선의 전투는 이 전쟁에서 아무런 의미가 없다는 말씀입니다. 아무 의미 없는 일에 왜 젊은이들이 희생이 되어야 합니까?"

"그래서 휴전선에 가서서 전투를 말리실 작정이신가요?"

국방장관이 불쾌한 표정으로 말을 잘랐다. 하지만 밥퍼 목사는 개의치 않고 자기의 말을 쏟아냈다.

"더구나 서울 시민들은 거의 다 대전 이남으로 피난을 갔습니다. 따라서 휴전선에 배치된 북한의 장사정포는 이번 전쟁에 아무런 의미가 없습니다. 마찬가지로 대한민국 국군이 다연장 로켓포를 개성이나 평양 같은 북한의 인구 밀집지역에 쏘아 봤자 무슨 좋은 일이 있겠습니까? 아무 죄 없는 백성들만 희생당할 뿐이지요. 이번 전쟁은 미사일 전쟁이니까요.

이제 남은 문제는 전투에 아무 영향력도 미치지 못하는 남·북한 군인들의 목숨을 보전해야 하는 일입니다. 휴전선에 배치된 남·북한 군인들, 전쟁의 결과에 아무런 영향을 미칠 수 없는 젊은이들, 지금 이 상황에서 휴전선 군인들이 취할 수 있는 최선의 선택은 싸우지 않고 그 자리를 가만히 지키고 있는 일입니다.

워싱턴과 평양의 싸움, 베이징과 서울의 싸움, 이 싸움이 끝날 때까지 기다리면 됩니다. 그러니 개인 화기를 가지고 서로 상대방을 죽이는 일은 막아야 되겠지요. 미사일 부대와 해군과 공군의 싸움, 이 싸움이 끝날 때까지 휴전선의 남·북한 육군

판문점의 밥퍼

185

은 기다려야 합니다."

"목사님이 작전 사령관입니까? 전쟁이 나면 군대 사령관이 알아서 지휘할 것입니다. 목사님은 기도만 하시면 됩니다."

참다못한 국방장관이 밥퍼 목사의 말허리를 잘랐다.

"아닙니다. 목사도 때로는 세상의 지혜보다 더 좋은 전략을 가질 수도 있습니다. 제 말을 끝까지 들어보십시오."

밥퍼 목사는 쉽게 물러날 태세가 아니었다. 하기야 그렇게 쉽게 물러날 것이라면 여기까지 찾아오지도 않았을 것이다.

"제 말을 들어보십시오. 제 선친께서 특전사 출신이셨고 우리나라 서해 5도의 섬을 지금의 남한 땅에 속하게 한 공신이라는 것은 대통령께서 이미 알고 계십니다. 제 말의 요지는 남·북한 군인들이 할 수 있는 한, 휴전선 가까이 붙어 있어야 한다는 겁니다."

밥퍼 목사는 갈수록 아리송한 말을 하고 있었다.

"내 마음대로 할 수만 있다면 남·북한 군인들더러 총을 내려놓고 비무장 지대 안으로 들어가서 함께 엎드려 있으라고 하고 싶습니다. 이렇게 남북한의 젊은 군인들이 가까이 붙어 있으면 서로가 서로의 방패가 됩니다. 자기 군대를 죽이려고 장거리 포를 쏠 지휘관은 없겠지요. 그 어느 편이든 핵폭탄은 말할 것도 없고 반경 수백 미터를 파괴할 수 있는 고성능 폭탄을 쏘지 못할 것입니다. 적을 죽이려면 아군도 같이 죽일 수밖에 없으니까요! 또한 아군을 살리려면 적군도 살려줄 수밖에 없으니까요!"

"목사님의 선한 뜻은 알겠지만 너무 이상주의적인 말씀입니다. 전쟁이 무슨 장난도 아니고, 목숨이 걸린 일이란 말입니다."

"그래서 하는 소리 아닙니까? 우리가 믿음이 없어서 이상주의라고 하는 것이지, 정말로 그렇게 될 수 있습니다. 이 전쟁이 누구의 승리로 어떻게 끝날지 알 수 없고 또 얼마나 많은 사람들이 희생될지 알 수 없습니다. 설사 이 전쟁으로 인해 한반도 국민의 절반이 희생된다 해도 휴전선에 있는 남·북한 군인들은 살아남아야 합니다. 그들은 남북한의 가장 건강하고 젊은 사람들입니다. 그들이 살아남아서 대한민국이든지 조선민주주의 인민공화국이든지 하여튼 이 나라를 다시 세워야 할 것 아닙니까?"

"목사님, 발언이 위험 수위를 넘습니다. 까딱 잘못하면 이적행위로 처벌 될 수 있습니다."

옆에 있던 참모가 끼어들었다.

"지금 핵전쟁이 나면 다 죽는 판에 이것저것 가릴 것이 무엇이 있습니까? 내 나라, 우리 젊은이들을 살려서 후일을 도모해야 하지 않겠습니까? 아니, 생전 본 적도 없는 군인들이 무엇 때문에 서로 총을 겨누어야 하냐구요? 같이 힘을 합해도 살동

말동 위험한 지경이 아닙니까?"

밥퍼 목사는 머리가 희끗한데도 팔팔한 음성으로 말했다.

"모두 아시다시피 프랑스 혁명의 3대 정신은 자유, 평등, 박애입니다. 프랑스의 국기인 3색기는 이 정신을 지금도 전 세계에 보여주고 있습니다. 대한민국은 근대정치혁명의 근원지 프랑스 혁명에서 자유의 정신을 극대화했습니다. 인민공화국은 프랑스 혁명에서 평등의 정신을 극대화했고요. 양측은 자유와 평등을 극대화하면서 박애를 잊어버렸습니다. 그 결과 극대화한 자유와 평등은 괴물이 되어 버렸습니다. 괴물들은 서로 싸우다가 죽는 법입니다. 극대화된 자유와 극대화된 평등이 부딪치면서 전쟁의 폭풍우가 몰려오고 있습니다. 지금 이 위기를 넘길 수 있는 길은 박애입니다.

밥상은 가장 큰 박애입니다. 이 세상 그 누구라도, 잘사는 사람이건 못사는 사람이건 밥을 먹어야 합니다. 배운 사람이건 배우지 못한 사람이건 밥을 먹어야 합니다. 나라와 인종과 문화와 관습과 상관없이 인간은 누구나 먹어야 살 수 있습니다. 밥상은 우리에게 말합니다. 우리는 먹어야만 사는 인간이라고, 먹지 않으면 죽을 수밖에 없는 인간이라고 말입니다!

그러므로 밥상 위에서 우리는 인생의 한계를 알 수 있고 같은 식탁에서 밥을 먹으면서 우리는 서로를 이해하고 동정하고 사랑할 수 있습니다. 밥상이 프랑스 혁명 사상이 말하는 박애입니다. 저는 자유와 평등이 부딪치는 저 휴전선에 가서 박애의 밥상을 차리려고 합니다. 허락해 주십시오. 아무것도 요구하지 않습니다. 제 목숨을 지켜달라고 부탁하지 않겠습니다. 밥상이야말로 휴전선에 배치된 수많은 남·북의 젊은이들과 이 나라를 구원하는 길이 될 것입니다.

대통령님, 판문점에 가서 남·북한 군인들에게 밥상을 나눌 수 있도록 허락해 주십시오. 전시에도 누군가는 밥을 짓는 사람이 있을 것 아닙니까? 저와 뜻을 같이 하는 사람들이 이전에도 DMZ 도라산역 평화공원에서 밥을 지은 일이 있습니다. 일명 밥 피스peace 운동입니다. 밥으로 평화를 이루자는 말입니다. 우리가 가서 밥을 짓고 그들을 돕겠습니다."

밥퍼 목사의 웅변이 대통령의 마음을 움직였는지 대통령께서 고개를 끄덕였다.

"알았습니다. 그렇게 하시지요. 목사님, 그럼 몸조심 하십시오."

대통령의 허락을 받은 밥퍼 목사 일행을 태운 트럭이 판문점에 도착했다. 판문점 군사 분계선을 중심으로 남·북한 군대의 군인들은 사상 최고의 긴장 가운데서 대치하고 있었다. 전쟁이 터지면 판문점에 배치된 양쪽 군인들이 가장 먼저 희생되리라는 것을 그들 모두는 잘 알고 있었다. 아무리 전방이라고 하지만 다른 군인들은 참호에 몸을 숨긴 채 전쟁을 맞게 될 것이다. 또한 비무장지대 4킬로미터라는 완충 거리 공간이라도 존재한다. 그러나 판문점의 군인들은 얼굴을 바로 맞대고 있다. 변변히 숨을 곳도 없다. 어차피 전투가 벌어지면 피차 살아남기가 어려운 형편이다. 미군이 풍계리 핵실험장이나 평양을 공격하는 그 순간, 혹은 북한이 미 함정이나 서울을 향해 미사일을 발사하는 그 순간, 판문점에 있는 양쪽 군인들 사이에 전투가 벌어질 것이다. 그리고 그들은 곧 모두 다 죽고 말 것이다.

그 시간은 누구도 알지 못한다.

판문점에 있는 남·북한 청년 군인들의 운명은 길어야 앞으로 1주일 이내에 결정될 것이다. 숨 막히는 긴장이 판문점 전체를 감돌고 있었다. 판문점 회의실을 절반으로 나누는 군사분계선이 회의실 밖 땅 위에도 두꺼운 선으로 그어져 있다.

밥퍼 목사와 스텝들이 군사분계선 콘크리트 선 위에 보름달처럼 둥글고 큰 밥상을 올려놓았다. 또 다른 직사각형 밥상 몇 개가 연이어 놓였다. 밥상의 반쪽은 남측으로, 나머지 반쪽은 북측으로 가도록 정확하게 놓여졌다. 밥상의 가운데로 군사 분계선이 지나가고 있었다. 밥상을 올려놓는 그들도 한껏 긴장하기는 마찬가지다.

그리고 밥퍼 목사가 남·북한 군인들을 향하여 큰 소리로 외쳤다.

"어서 와서 밥을 먹으세요. 식사 때가 되었습니다.
우리 같이 둘러 앉아 밥을 먹읍시다.
밥은 수저로 먹는 것이지 총으로 먹는 것이 아니오.
총일랑 내려놓고 수저 들고 밥 먹읍시다."

그러나 양쪽 군인들 그 누구도 밥상 앞으로 나오지 않았다. 이게 웬 쇼인가, 그런 생각이 들었던 것 같다. 왜 갑자기 밥상을 차려놓고 밥을 먹으라고 성화를 대는지, 알 수 없는 일이었다.

대통령은 밥퍼 목사를 잘 보호하라는 지시를 내려둔 터였다. 밥퍼 목사가 하도 조르기에 허락은 했지만 될 성 싶지 않는 일이라는 생각이 들었다. 그래서 북한군이 먼저 식사 자리로 오면 같이 밥을 먹되, 그들이 오지 않으면 먼저 식탁으로 가지 말라고 덧붙였던 것이다. 남한 군인들이 밥상에 먼저 앉아 있다가 공격을 받으면 밥퍼 목사와 군인들이 함께 희생될까 걱정이 되었던 것이다.

그 시간 평양 김정은 위원장 집무실에 다급한 전갈이 전해졌다.

"위원장 동지, 판문점에서 연락이 왔습니다."

판문점이란 말에 김정은 위원장의 목소리가 덩달아 급해졌다.

"대체, 무슨 일이오?"

"밥퍼 목사라는 사람이 와서 밥상을 차려 놓고 우리 병사들에게 밥을 먹으라고 한답니다."

시시각각 다가오는 미국 군함을 어떻게 막아야 할지 골몰하고 있던 김정은 위원장의 귀에는 판문점이라는 말도 밥퍼 목사라는 말도 제대로 들리지 않았다.

"밥을 먹으라고 하면 먹으면 될 것이지, 지금 그런 일까지 보고를 하오? 밥 먹는 것 하나도 알아서 못하오?"

오히려 역정을 버럭 내는 것이 아닌가. 밥 먹을 시간이 되었으면 알아서 먹으라는 투였다.

그 때, 다른 직원이 다급하게 말했다.

"위원장 동지, 중국에서 중요한 연락이 왔습니다."

"무슨 일이오?"

김정은 위원장은 고개를 돌렸다. 판문점에 차려진 밥상 보고를 한 비서는 더 이상 설명을 할 시간이 없었다. 하릴 없이 옆에 서 있다가, 뭐하고 있느냐는 핀잔을 받은 후에 집무실을 걸어 나오고 말았다.

"위원장 동지께서 밥을 먹으라고 하십니다."

그는 이렇게 명령을 하달했다. 밥을 먹으라는 평양의 지시를 받은 북한군 지휘관은 어안이 벙벙했다. 아무래도 이상한 일이다. 그래서 다시 확인했다.

"정말 먹어도 되는 것입니까?"

"위원장 동지께서 그렇게 말씀하셨다니까요."

"다시 한 번 확인할 수 없을까요?"

"뭘 다시 확인하오? 위원장 동지께서 지금 얼마나 바쁜지 알기나 하오? 지금 밥 먹는 것까지 시시콜콜 보고할 때가 아니오. 그리고 위원장 동지께서 먹어도 좋다고 하셨으니 알아서 하시오."

그는 거칠게 전화를 끊었다.

밥을 먹으라는 명령을 받은 북한군 병사들은 한 명씩 한 명씩 눈치를 보면서 둥근 밥상 앞으로 와서 밥퍼 목사를 마주보고 앉았다. 둥근 밥상의 가운데는 비무장 지대처럼 비어 있고 똑 같은 반찬과 밥이 양쪽으로 놓여 있었다. 그러자 남한군 병사들도 주춤 주춤 밥퍼 목사 옆에 앉았다. 그들은 침묵 가운데 서로 바라보았다. 이렇게 가까이서 보는 것도 처음 일이다.

"자, 뭐합니까? 밥을 보고 구경하는 거요? 어서 수저 들고 밥 먹읍시다. 내가 목사니까 기도 좀 하겠수다. 나도 따지고 보면 이북 사람이오. 부모님이 이북에서 피난 내려왔으니까. 하하하."

그리고 밥퍼 목사의 기도가 이어졌다.

"하나님 아버지, 감사합니다. 남북의 병사들이 함께 앉아 밥을 먹게 되었으니 감개무량합니다. 이 식탁 위에 복을 내려 주옵소서. 함께 식탁을 나누는 우리 병사들 죽지도 않고 죽이지도 않게 하소서. 이 땅에 평화를 주소서. 이 나라 이 백성들이 칼을 쳐서 보습을 만들고 창을 쳐서 낫을 만들게 하소서. 이 나라와 저 나라가 다시는 칼을 들고 서로 치지 않게 하소서. 다시는 전쟁을 연습하지 않게 하소서. 평화의 왕이신 예수님의 이름으로 기도합니다. 아멘."

그 동안 긴장하여 밥을 제대로 먹지도 못했는데 총 대신 수저를 들고 함께 식탁에 앉으니 긴장이 스르르 풀렸다. 시장기가 밀려 왔다. 젊은 병사들이 경계를 풀고 밥을 먹기 시작했다. 어차피 이판사판 죽을 바엔 밥이라도 제대로 먹자는 심사도 작용한 것 같았다. 반찬이 아주 좋았다. 불고기는 물론이고 전방에서 구경하기 힘든 치킨과 피자까지 따뜻하게 잘 배달해온 정성에 목이 메었다. 병사들은 부모님 생각에 울컥했다. 살아서 만날 수 있을지, 기약할 수 없는 미래의 상황에 그저 맥이 풀릴 뿐이었다.

밥퍼 목사가 밥을 먹는 병사들에게 말했다.

"내 아들보다도 어린 남·북한 병사들에게 말하오. 나는 전쟁이 일어나지 않기를 위해 간절히 기도하고 있소. 그러나 전쟁이 일어난다 해도 1주일 안에 끝날 것이오. 이 전쟁은 평양과 서울, 워싱턴과 베이징의 전쟁이지 휴전선의 전쟁이 아닙니다. 이 전쟁은 핵무기와 미사일의 전쟁이지, 소총을 가지고 싸우는 전쟁이 아니오. 그러니 전쟁이 일어난다 해도 여러분들은 서로 공격하지 말고 가만히 있어요. 남·북 병사 여러분들이 서로 가까이 붙어 있는 한, 이곳은 오히려 가장 안전한 곳이 될 것입니다. 여러분들이 서로 붙어 있으면 핵무기도 미사일도 이곳으로 날아오지 않을 것이오.

전쟁이 났다는 소식이 들리면 전화선을 끊어 버리시오. 컴퓨터 선도 빼 버리시오. 라디오도 TV도 다 꺼 버리시오. 평양과 워싱턴, 서울과 베이징에서 오는 소식에 귀를 막아 버리시오. 오직 하늘에서 들려오는 소리에 귀를 기울이시오. 그리고 1주일만 서로 죽이지도 말고 죽지도 말고 기다리시오. 그러면 하늘로부터 평화의 소식이 들려 올 것입니다.

혹시 전쟁이 나서 평양과 서울이 불바다가 된다 해도 청와대와 주석궁이 지도에서 사라져 버린다 해도 그대들은 살아남아야 하오. 그리고 서로 힘을 합쳐 새로운 나라를 세워야 하오.

아시겠습니까? 죽이지도 말고 죽지도 말고 1주일만 기다리시오. 그러면 하나님께서 여러분과 우리 민족에게 평화와 복을 내려 주실 것입니다. 나는 그 부탁을 하러 일부러 왔어요."

밥퍼 목사의 목소리는 가늘게 떨리고 있었다. 묵묵히 들으면서 밥을 먹는 병사들의 눈에도 눈물이 흐르고 있었다. 밥을 다 먹고 나자 밥퍼 목사가 신호를 했다. 그러자 스텝들이 포도 주스 통을 가지고 왔다. 각기 원하는 대로 잔에 채워주었다.

"남북 병사 여러분! 이 주스를 와인이라고 생각하고 건배합시다."

밥퍼 목사는 자기 앞에 놓인 잔에 보랏빛 포도주스를 가득 부었다.

모든 병사들의 잔에도 음료수가 가득 채워졌다.

"자, 목사인 내가 먼저 잔을 듭니다."

밥퍼 목사는 잔을 높이 들었다.

"자, 우리 건배합시다. 나를 따라서 외치시오."

모두 자기들 앞에 놓인 잔을 들었다.

"죽지도 말고! 죽이지도 말자!"

그러자 모든 병사들이 잔을 높이 들고 외쳤다.

"죽지도 말고! 죽이지도 말자!"

잔을 든 밥퍼 목사가 속으로 기도했다.

"가나의 잔치에서 물을 포도주로 만드신 주님!

이 포도즙이 변하여 우리 주님의 보혈이 되게 하소서.

저 젊은 병사들을 구원해주소서.

남·북한 모든 백성들을 구원하소서.

우리 대통령과 김정은 위원장이 이 곳에서 함께 밥을 먹으며 평화의 길을 찾게 하소서"

식사를 마치자 남북병사들의 긴장이 서서히 풀렸다. 그들은 여전히 군사 분계선을 넘지 않았지만 서로 손을 내밀어 악수를 청했다.

"발은 안 넘어 갔습니다. 분계선을 넘는 기준은 손입니까? 발입니까?"

그 질문 때문에 모두가 웃었다. 밥을 먹고 그들은 각자의 위치로 돌아갔다. 여전히 서로를 마주보고 서 있었지만 그렇게 꼿꼿한 적대 관계는 아니었다. 그들은 젊은이, 한창 노래하고 춤추고 연애하고 싶은 젊은이였던 것이다. 군복이 그들을 적으로 만들었지만 군복만 벗으면 말도 통하고 생긴 것도 비슷한 청년이었다.

누군가 아리랑을 흥얼거리자 한 두 사람이 낮은 소리로 따라서 흥얼거리기 시작했다. 아리랑 아리랑 아라리요. 아리랑 고개를 넘어간다. 한 민족의 가슴속에 깊이 흐르는 아리랑 노래가 그 구슬픈 운율을 타고 판문점을 감싸고 있었다. 수백 년 수천 년 동안 이 민족의 가슴에서 가슴으로 흘러내려온 평화 아리랑!

"죽지도 말고! 죽이지도 말자!"

밥퍼 목사는 다시 한 번 구호를 제창했다.

"죽지도 말고! 죽이지도 말자!"

남북한 병사들이 함께 부르짖는 소리가 하늘 높이 퍼져 나갔다. 그 소리는 서울로, 평양으로, 베이징으로, 도쿄로, 워싱턴으로, 모스크바로 퍼져 나갈 것이다. 그것은 사람의 소리가 아니라 하늘의 천사들이 외치는 소리였다.

13

백두산 폭발

"백두산과 함께 핵무기들이 폭발할 수 있다는 말인가!"

대통령은 신음하듯이 탄식했다.

서울 청와대에 긴급한 소식이 전달되었다.

"대통령님, 북한 백두산 아래 강력한 지진이 일어났답니다."

비서관의 목소리가 다급했다.

"지진이라니, 그것이 무슨 소리요?"

"예, 일본 니가타 시에서 북서쪽으로 400킬로미터 떨어진 바다 아래가 진앙이라고 합니다. 그런데 이상하게 일본 보다 북한쪽에 더 강한 지진이 일어났답니다."

"갑자기 왜 지진이 일어났답니까? 지난 번 북한에서 있었던 핵실험과 상관이 있지 않을까요?"

그러지 않아도 미국의 항공모함이 다가오는 상황에서 트럼프 대통령에게 유예 받은 시간이 하루하루 지날수록 대책 마련에 고심하고 있는데 뭔 지진까지 났다는 말인가. 대통령의 미간이 살짝 찌푸려졌다.

"지질학에서는 유도 지진활동이라는 말을 씁니다. 핵실험은 말할 것도 없고 석탄을 캐내기 위한 폭파, 더 나아가서 물의 인공 방류, 지하 개발, 유전 개발 등도 지진이 일어나는 원인이 된다고 합니다."

"그럼 핵실험의 여파가 영향을 미쳤다는 말이군요."

"그렇습니다. 그 동안 풍계리 근처에서 행한 여러 번의 핵실험으로 인해서 그 근처 지층에 에너지가 쌓여 있었을 것이라고 합니다. 그러다가 동해바다에서 일어난 자연 지진을 만나 그 규모가 커졌다고 예측하고 있습니다. 아마도 큰 지진이 일어날 것 같답니다."

"전문가들 대기시켜요. 북한에서 큰 지진이 나면 우리에게 어떤 영향이 미칠지 어서 시뮬레이션 해보라고 하세요."

"지진의 원인과 관련해서는 아직도 모르는 부분이 많습니다. 더욱이 지진의 전조를 예측하는 것은 일본처럼 지진학이 가장 발달한 나라에서도 어려운 문제라고 합니다. 죄송합니다."

"비서가 죄송할 것은 없고. 엎친 데 덮친 격이네. 북한 핵실험과 이번 지진이 어쨌든 관계가 있다는 말이군요."

"예, 그렇게 보아야 할 것 같습니다."

"북한 지진의 여파와 관련해서 그 영향을 잘 살펴보고 대책을 마련하도록 하세요."

"예, 알았습니다. 대통령님, 그런데 더 큰 문제가 있습니다."

"더 큰 문제라니요?"

"백두산이 문제입니다."

"왜 백두산까지? 그전부터 이야기되던 백두산 폭발 말이오?"

"맞습니다. 백두산과 이번 북한 지진이 밀접한 관계가 있는 것 같다는 보고입니다."

"무슨 말이오? 무슨 관계가 있단 말입니까?"

대통령께서 마른 침을 삼키면서 물었다.

"이번 지진이 원인이 되어 백두산이 폭발할 수도 있답니다. 역으로 백두산 폭발의 전조로 이번 지진이 일어났다고 보는 학자도 있답니다. 어느 쪽이 원인이든 상관없이 백두산의 폭발 가능성이 높아졌습니다."

"백두산이 폭발하면 어떻게 되나요?"

"전혀 예측할 수 없습니다. 폭발의 규모에 따라 그 영향의 정도는 달라질 것입니다."

"우리 남한까지 큰 피해를 입을까요? 거리가 상당히 떨어져 있는데도?"

"결론부터 말하면, 남한도 피해를 입을 것입니다. 1980년대에 일본 도립대의 화산학자 마치다 히로시 교수가 발해 멸망의 원인이 10세기 백두산 대폭발일 수 있다는 주장을 한 적이 있습니다. 역사학자들은 백두산 대폭발과 관련된 기록이 없다는 이유로 이 주장을 일축해 버렸습니다만. 하지만 만일 10세기에 백두산이 폭발했다면, 그것이 발해를 멸망시킨 중요한 원인이 되었을 것이라는 주장입니다."

"백두산이 폭발하면 북한도 발해처럼 될 수 있다는 말이오?"

"대통령님, 유감스럽게도 그럴 가능성이 매우 크답니다. 북한이 붕괴될 수도 있습니다. 하지만 우리는 아직도 북한 핵무기가 어디에 숨겨져 있는지 모르고 있습니다. 만일 핵무기가 백두산 근처에 숨겨져 있다면…."

비서관은 더 이상 말을 잇지 못했다.

"백두산과 함께 핵무기들이 폭발할 수 있다는 말인가!"

대통령은 신음하듯이 탄식했다.

그 시각 평양 김정은 위원장 집무실에도 지진 소식이 보고되었다.

"무슨 말이야. 큰 지진이 일어났다고?"

"그렇습니다. 위원장 동지."

"현재 지진의 피해가 얼마나 되나? 풍계리 핵 실험장에는 큰 문제가 없어야 할 텐데."

"위원장 동지, 지진보다 더 심각한 문제가 있습니다."

"그것이 뭐요?"

"백두산이 이상합니다."

"백두산이 이상하다니? 백두산이 폭발이라도 한단 말이요?"

"예, 이번 지진 때문에 백두산이 폭발할 가능성이 상당히 높답니다."

"무슨 소리야? 그렇다면 큰일 아니오? 우리 핵무기와 미사일 대다수를 개마고원 근처에 숨겨 놓았는데, 백두산이 폭발하면 어떻게 되는 거요?"

"현재로서는 정확하게 알 수 없습니다."

"한 마디로, 우리 북조선이 망할 수 있다는 말이오?"

"위원장 동지, 설마 그런 일이야 있겠습니까? 백두혈통의 적자이신 위원장 동지께서 건재하시는데 망하다니요? 말도 안 됩니다."

말은 이렇게 했지만 비서관은 속으로 걱정이 되었다.

'위원장 동지, 북조선이 멸망하는 정도가 아니라 인류가 멸망할 수도 있습니다. 김일성 어버이 수령님, 백두산 산신령님, 제발 도와주십시오.'

미국 백악관 트럼프 대통령 집무실에도 긴급한 지진 소식이 날아들었다.

"대통령님, 북한에서 온 긴급한 소식입니다."

"뭐요? 김정은이 우리 본토에 미사일이라도 날리겠다는 말이오?"

"그것이 아니라, 북한 핵 실험장 근처에서 큰 지진이 일어났다고 합니다. 또 그것이 원인인지 아직 알 수 없지만, 백두산이 폭발할 조짐이 있답니다."

"백두산? 백두산이 어디에 있는 산이오?"

"백두산은 중국과 북한 국경에 있는 산입니다. 중국에서는 장백산이라고 합니다. 북한의 풍계리 핵 실험장에서 직선거리로 200킬로미터 정도 떨어져 있는 산입니다."

"그런데, 그것이 활화산이라는 말이요?"

"예전에는 사화산이라고 했는데, 요즈음 들어 화산 활동이 조금씩 일어났다고 합니다. 일부 지질학자들은 10세기경에도 백두산 대폭발이 있었다는 말도 합니다."

"지금도 일본이나 인도네시아, 이탈리아에서 화산이 가끔 터지지 않소? 백두산이라고 안 터진다는 법은 없지. 백두산 때문에 김정은이 혼 좀 나겠군. 그런데 화산이 터지면 뭐가 문제요?"

"만일 북한이 핵무기를 백두산 근처에 숨겨 놓았다고 가정하고, 백두산 폭발로 흘러나온 마그마가 핵무기를 덮쳐 폭발이 일어난다면 어떤 일이 일어날지 예측하기 어렵습니다. 또 백두산 천지에 고인 물이 20억 톤이라고 하는데, 그 물이 터져서 흐르면 그 일대가 어찌 될지 모릅니다."

"어쨌거나 북한 길주 앞바다로 향하는 우리 배들이 그 영향을 받을 수 있다는 말이요?"

"그렇습니다. 대통령님."

"그러면 일단 모든 배를 100킬로미터 이상 떨어져 있으라고 하시오."

"예, 알았습니다. 대통령님."

"웬 지진과 백두산 화산폭발이야? 이것이 우리한테 좋은 일인지, 나쁜 일인지 모르겠네?"

트럼프 대통령은 고개를 갸웃하며 급히 대책회의를 소집했다.

중국 베이징의 시진핑 주석 집무실도 북한의 지진 소식으로 분주해졌다.

"뭐, 창바이산長白山이 위험하다고?"

"예, 그렇습니다. 이번에 일어난 지진이 아무래도 창바이산과 관련이 있는 것 같습니다."

"창바이산 화산이 터져 북한이 감춰둔 핵무기를 덮치면 어떻게 될 것 같소?"

시진핑 주석이 굳은 표정으로 물었다.

"심각한 문제가 생길 것입니다. 창바이산 폭발의 여파로 북한 핵무기들이 폭발하면 우리 중국도 큰 피해를 입을 것입니다.

게다가 천지의 물이 우리 쪽으로 흐른다면 일대의 농지와 가옥들이 다 물에 잠길 위험이 있습니다. 화산재로 덮이는 것도 고려해야 할 사항입니다."

"아무래도 무사할 수는 없지. 우선 창바이산과 두만강 일대에 배치된 우리 인민해방군을 될 수 있는 대로 멀리 철수시키고 대기하라 하시오."

시진핑 주석과 참모들은 커다란 지도를 펴 놓고 머리를 맞댔다.

"일단 창바이산 밑에 있는 퉁화通化, 바이산白山시 주민들에게 대피 명령을 내리시오. 그리고 지린吉林과 창춘長春도 불안하니 그 근방의 주민들에게도 알려서 피해가 없도록 대책을 마련하시오."

"미국 군대가 코앞에 와 있는 판국에 창바이산까지 위험하다니 이게 무슨 일이람!"

시진핑 주석은 긴장한 표정으로 대책 마련에 몰두했다.

다시 평양 김정은 위원장 집무실.

"백두산은 지금 어떤 상황인가?"

"심각합니다. 폭발이 가까워진 것 같습니다."

"그러면 빨리 그 일대에 있는 핵무기를 옮겨야 하지 않겠소."

"위원장 동지, 그것이 쉽지 않습니다."

"무슨 말이요. 미국놈들이 때리기라도 한단 말이요"

"미국놈들이 때려서가 아니라, 그 곳에서 **빼**올 수가 없습니다."

"그건 무슨 말이요?"

"이번 지진으로 백두산 일대 길이 다 끊어져 버렸습니다. 뿐만 아니라 더 심각한 문제가 있습니다."

"그게 뭐요?"

김정은의 얼굴이 창백해졌다.

"이번 지진으로 미사일 발사대가 무너져 버렸습니다. 풍계리와 백두산 일대에 숨겨 놓은 미사일과 핵무기가 아무 소용없게 되었습니다. 오히려 백두산이 폭발하여 불길이 핵무기를 덮치면 우리 북조선이 어떻게 될지 그게 문제입니다."

"그러면 핵무기가 폭발한단 말이요?"

"그럴 가능성이 매우 큽니다."

김정은 위원장이 잠시 말을 잃었다.

"그러면, 그 곳에 있는 우리 미사일부대 군인들은 어떤가?"

"지금 위원장 동지의 명령만 기다리고 있습니다."

"그러면 백두산이 폭발하기 전에 모두 철수하라고 하시오. 미사일과 핵폭탄의 뇌관을 제거해서 만일의 사태에도 폭발을 최소화 시키시오. 그리고 인민군 병사들은 걸어서라도 빨리 **빠**져 나오도록 하시오."

"잘 알겠습니다, 위원장 동지. 바로 명령을 전달하겠습니다."

비서관의 얼굴이 밝아지면서 통신실로 달려갔다.

백두산, 중국 이름으로 창바이산.

높이 2,744미터로 한반도에서 가장 높은 산이다. 대한민국 애국가 첫머리에 등장하는 산이다.

또한 북한에서는 김일성과 그의 부인 김정숙이 백두산에서 항일 투쟁을 했고, 그의 아들 김정일은 백두산에서 태어났다고 한다. 그리하여 김일성, 김정일, 김정은으로 이어지는 북한 최고 권력 가문을 백두혈통이라고 부른다.

백두산 아래에는 4개의 거대한 마그마 방이 형성되어 있는 데, 이 마그마가 활성화되면 백두산이 폭발한다. 일본의 학자가 탄소 측정기로 검사해 보니, 946년 고려 정종 원년에 대규모의 폭발이 있었던 것으로 추정된다고 발표했다. 그 후에도 100년 혹은 200년 간격으로 소규모의 폭발이 있었던 사실이 조선왕 조실록에 기록되어 있다. 그리고 청나라의 기록에 의하면, 백두 산의 마지막 폭발은 1903년에 있었다.

백두산 정상에 하늘을 담고 있는 천지는 세계에서 가장 큰 화산호수이다. 이 호수는 둘레가 14.4킬로미터이고, 호수의 평 균 깊이가 213미터로 약 20억 톤의 물이 고여 있다. 동양 최대 의 댐으로 불리는 소양강댐의 삼분지 이에 해당하는 저수량이 다. 이 어마어마한 물, 이 거대한 호수, 이 천지에서 뿜어져 나오는 물이 두만강과 압록강이 되어 흐르고 있지 않은가! 이 두 줄기의 강물은 중국과 북한의 경계를 지으며 압록강은 서해 바다로, 두만강은 동해 바다로 흘러 들어가고 있다. 이 신령한 천지의 물이 어디로 쏟아질 것인가, 생각만 해도 암담했다.

백두산이 폭발하려는 조짐을 보이기 시작했다. 근처의 땅에서 김이 솟아 오르고 유황 냄새가 진동했다. 백두산의 봄은 매우 늦다. 다른 곳에 있는 나무들이 무성해질 즈음에 겨우 새싹이 돋는 곳이다. 여름에도 날씨가 심술을 부리면 진눈깨비가 날리는 추운 곳이다. 사람이 산에 오를 수 있는 기간이라고 해야 고작 일 년에 석 달 남짓이다. 6, 7, 8월, 그것도 비바람이 불고 돌풍이 심하게 불면 가까이 갈 수 없다. 사람의 근접을 허용하지 않는 신령한 산 위에 담긴 거대한 호수, 그곳에 하늘이 비치고 구름이 잠기고, 그 주변에 키 낮은 꽃들이 둘러싸고 있는 곳, 인간이 함부로 범접할 수 없는 곳이 바로 백두산이다.

백두산의 폭발 소식에 놀란 미군 함정은 안전지대로 물러갔고, 백두산 근처에 주둔했던 중국 인민해방군은 더 멀리 물러났다. 그리고 백두산 근처에 배치된 핵무기와 미사일을 지키던 북한군도 뇌관을 분리하고 핵탄두를 땅 속 깊은 곳 저장고에 보관한 후 탈출하기에 바빴다. 백두산 근처 도시와 마을의 주민들도 모두 피난길에 올랐다. 전쟁을 피해서가 아니라 화산의 불길과 대홍수를 피해서였다.

드디어 백두산이 폭발이 시작되었다. 땅이 꿈틀거리며 불가사리가 불을 토하듯 벌건 불꽃이 산에서 뿜어져 나왔다. 다행히 이번에는 10세기 말의 폭발처럼 대규모 폭발은 아니었다. 터져 나온 화산재가 훨훨 날아서 북한의 양강도와 함경도 일대를 뒤덮었다. 하늘이 온통 잿빛으로 어두웠고 화산재가 내려앉은 곳은 무채색의 풍경으로 변했다. 화산재는 백두산 북쪽 중국 지역의 몇몇 도시를 덮었다. 거대한 회색구름이 하늘에 가득 찼지만 다행히 전 지구적인 기후재앙을 가져올 정도는 아니었다.

폭발은 백두산의 남쪽 부분에서 일어났다. 마그마가 백두산 남쪽 산허리를 뚫고 지상으로 흘러 나왔다. 백두산이 폭발하면서 천지 호수를 둘러싸고 있던 남쪽 바위벽이 무너져 내렸다. 수직으로 힘차게 터지지 않았기 때문에 온 사방으로 천지가 붕괴되는 일은 면할 수 있었다. 흘러나오는 마그마 위를 백두산 천지의 물이 덮쳤다. 뜨거운 용암과 물이 만나자 거대한 수증기가 대기를 가득 메웠다. 화산재와 수증기가 결합해서 작은 모래알갱이 같은 것이 비처럼 땅으로 떨어져 내렸다. 마치 검은 우박이 쏟아져 내리는 것 같았다. 20억 톤에 이르는 천지의 옆구리가 터져서 그 물이 흘러나오기 시작했다. 천지의 물은 강을 이루며 개마고원을 지나 풍계리 핵 실험장까지 흘러내렸다.

북한군이 곳곳에 파놓은 핵무기와 미사일을 보관하기 위한 터널도 모두 화산재와 흙탕물에 잠겼다. 물에 잠기지 않은 곳에는 화산재가 두껍게 쌓였다. 핵무기와 장거리 미사일 대부분이 화산재와 흙탕물에 덮여 쓸모없게 되었다. 아, 인민들이 끼니를 줄여서 힘을 모아 만든 것인데, 이렇게 허망하게 못 쓰게 될 줄이야.

비서관이 거의 울음 섞인 음성으로 보고했다.

"위원장 동지, 백두산이 폭발했습니다. 함경도와 양강도에 있는 핵무기와 미사일이 백두산 천지의 물과 화산재에 덮여 완전히 못쓰게 되었답니다."

"평안도와 휴전선 근처에 있는 무기는 안전하오?"

무기의 안전 상태를 묻는 김정은의 얼굴이 심하게 일그러져 보기에도 민망했다.

"네, 그곳에 있는 핵탄두를 장착한 미사일과 장거리 미사일은 안전합니다. 하지만 몇 대 안됩니다. 그리고 중단거리 미사일은 수백 기가 남아 있습니다. 그러나 미국 정찰기가 워낙 눈을 부릅뜨고 살피고 있어서 미사일을 움직이는 것이 쉽지 않습니다."

김정은은 말이 없었다. 아직 미국이 먼저 공격을 하지 않았고, 백두산 폭발 덕분에 항공모함들이 먼 바다로 물러가 있다니, 불행 중 다행이었다. 이것도 다행이라고 해야 하나, 핵무기

없이 어떻게 미국을 상대한다는 말인가. 생각이 복잡했다. 그렇다고 뾰족한 방책도 떠오르지 않았다. 대비책을 세우라고 다그치기는 했지만 누구인들 뾰족한 방법이 있을 리 없다는 것도 알고 있었다.

인생에서 가장 행복했던 때가 언제였더라. 갑자기 쓸데없는 생각이 비집고 들어왔다. 패권을 잡고 나니 좋은 것보다도 복잡한 일이 더 많은 것 같았다. 스위스에서 학교 다닐 때가 가장 좋았을까, 형이랑 여정이랑 사촌들이랑 유학생활을 하던 시절이 가장 행복했던 것 같기도 하다. 매일 농구하고 아버지, 어머니의 잔소리도 안 듣고, 좋은 시절이었다.

14

김일성 할아버지와의 만남

"너는 중국으로 떠나라.

네 동생 여정일 백두혈통 계승자로 세워놓고

실제 권력은 당에서 가지도록 조처해라."

벌써 며칠 째 잠을 이루지 못하던 김정은 위원장에게 극심한 피로가 엄습해 왔다. 풍계리 핵 실험장이 화산재와 흙탕물로 완전히 뒤덮였다는 보고를 듣자 온몸의 맥이 스르르 풀렸다. 책임자를 가려내서 처벌한다고 해결될 문제가 아니었다. 백두산이 요동을 쳐서 그 많은 물과 불을 쏟아냈으니 누구를 원망하고 탓할 것인가. 지금 당장이라도 미국 전폭기가 평양 주석궁으로 날아와 폭탄을 쏟아부을 것 같아 온몸이 벌벌 떨렸다. 하긴 150미터 지하에 마련해 놓은 벙커에 가면 핵폭탄이 떨어져도 안전할 것이다. 그러나 지상을 미군이 점령해 버리면 평생 지하에서 살 수도 없는 일 아닌가, 자포자기의 심정으로 소파에 길게 누웠다.

"정은아, 정은아!"

영화에서 보았던 산신령의 목소리 같은 음성이 김정은 위원장을 불렀다. 이 세상 천지에 누가 감히 내 이름을 함부로 입에 올린단 말인가. 순간 괘씸한 생각이 들면서도 이렇게 이름을 불러줄 사람이 있다는 것에 마음이 확 녹아내렸다. 부모와 형, 고모처럼 어릴 때 친척들이나 그렇게 이름을 불렀다. 그러나 권력을 잡고 나니 감히 누구도 자신의 이름을 부르는 사람이 없었다. 이름을 부르는 사람은 어린 시절 잠깐 보았던 할아버지였다. 너무 피곤해서 잘못 본 것이 아닌가. 할아버지가 돌아가신지 벌써 20년이 훌쩍 넘었는데, 방부처리를 잘 해서 금수산 태양궁전에 누워 계신 것을 만천하가 알고 있지 않은가? 아버지 사진과 함께 북한 어디에서나 볼 수 있는 할아버지의 얼굴은 뇌리에 깊이 박혀 있어서 잘못 볼 리가 없다. 그런데 아무리 보아도 할아버지가 분명했다.

"할아버지, 웬일이십니까? 언제 오셨습니까?"

"언제 오다니? 나는 항상 너희들 곁에 있지 않느냐? 우리 북조선 땅 곳곳에 '김일성 수령님께서는 영원히 우리와 함께 계신다.'고 큰 글씨로 적어 놓지 않았느냐? 너는 그 말을 믿지 않았느냐? 나는 그 말처럼 너희 곁을 떠나지 않고 늘 같이 있다."

"그게 정말이었군요. 할아버지, 그런데 이 일을 어떻게 하면 좋을까요?"

"뭘 말이냐?"

할아버지가 담담하게 물었다.

"백두혈통 가문이 이끌어 가는 북조선이 이렇게 어려운 지경에 있는데 설상가상, 하필 백두산이 이 때 폭발하는 이유가 무엇입니까? 지진이 일어나고 백두산까지 폭발해서 개마고원 일대에 숨겨 놓았던 미사일과 핵무기는 화산재에 덮이고 천지에서 흘러온 흙탕물에 잠기고 말았습니다. 자랑스러운 백두혈통이 백두산 때문에 이렇게 큰 어려움을 당하다니, 체면이 안 섭니다. 백두산을 지키는 수령 할아버지께서 왜 막아 주시지 않습니까?"

할아버지는 뒷짐을 진 채 딱하다는 듯이 김정은 위원장을 바라보았다.

"정은아, 네가 백두혈통이냐? 대답해보라."

"네, 자랑스러운 백두혈통입니다."

"그럼 묻겠다. 너만 백두혈통이냐?"

책망하는 투의 질문에 김정은이 당황했다. 잠시 쭈뼛거리다가 겨우 군색한 답을 했다.

"아닙니다."

"너 말고도 백두혈통이 여럿 있지 않느냐? 한 번 대 보거라."

"정철이 형과 여정이도 있고요."

"또 말해보아라."

"혜경이 누나, 설송, 준송이 누나…."

"정남이는 왜 말을 하지 않느냐? 정남인 나의 큰 손자다. 장손이란 말이다. 무슨 말인지 알아듣겠냐? 다른 아이들도 다 소중하고 귀한 백두혈통이다. 그리고 김경희, 네 고모, 바로 내 딸이다. 그리고 네 숙부 김평일, 김영일, 김경진 다 내 자식이란 말이다. 그런데 정은이 네가 백두혈통의 딸에게 장가든 내 사위, 네 고모부 장성택일 잔인하게 죽이지 않았느냐? 이 일로 인해 백두혈통 네 고모가 얼마나 상심하는지 아느냐? 말은 안 해도 네 고모가 얼마나 분노하고 절망하고 있는지 아느냐? 내 딸이 그 고통을 당하는 것을 보는 내 마음도 아프기 짝이 없다."

"고모는 고모부, 아니 장성택과 사이가 안 좋았습니다. 젊은 여자들하고 바람이나 피고, 고모님 속을 썩였습니다."

"그것은 네가 상관할 바가 아니지 않느냐? 네가 아직 나이가 어려서 그렇게 생각한 것이다. 부부는 함께 오래 살다 보면 미운 정 고운 정이 다 드는 법이야. 그렇다고 고모부를 무자비하게 처치하면 고모가 얼마나 난감하겠느냐? 우선 네 고모한데 가서 사과를 해라. 우리 옛말에 여자가 한을 품으면 오뉴월에 서리가 내린다고 하지 않느냐. 백두혈통의 네 고모, 내 딸의 마음을 어루만져 주어야 너에게 살 길이 열릴 것이다."

"알겠습니다."

대답하는 김정은의 입이 한 치나 앞으로 나왔다.

"그것으로 끝날 일이 아니다. 너는 백두혈통 내 손자 정남이도 죽였다. 장성택을 죽일 때는 내가 억지로 이해를 하려고 했다. 그는 백두혈통도 아니고 어린 너에게 위협이 될 수도 있겠다는 생각으로 눈감아주려고 했다."

"할아버지, 저는 정남이 형을 죽이지 않았어요."

김정은의 목소리가 가빠졌다. 얼굴이 하얗게 질려서 곧 숨이 넘어갈 듯 위태해 보였다.

"네 손으로 직접 죽이지 않았다고 죄가 없는 게 아니지. 네가 시키지 않았는데 이 천지에 정남일 죽일 사람은 없다. 그리고 정남일 죽인 것은 내가 용서할 수 없다. 정남이 그 놈이 한량기가 있어서 좀 거칠기는 해도 마음은 착한 아이다. 어릴 때 내가 귀여워한 손자다. 더구나 정남인 너에게 아무런 위협이 되지 않는 아이였다. 오히려 정남이가 너를 무서워해서 이리 저리 도 망 다니지 않았느냐? 그런 정남일 네가 죽였다. 뿐만 아니라 아 무 죄 없는 내 증손자 한솔이까지 죽이려고 하지 않았느냐? 지 금도 한솔이가 너를 피해 숨어 살고 있지 않느냐? 내가 한솔이 만 생각하면 화가 나서 견딜 수 없다. 네 친형 정철이도 말은 안 하고 있지만 매일 매일 두려움 속에서 지내고 있다.

여자 형제인 네 이복누이 설송이도 불안하기는 마찬가지고, 심지어 네 친동생 여정이도 속으로는 오빠를 두려워하고 있다. 이번에 네가 여정일 정무위원으로 세웠는데 잘 한 것인지 잘 못 한 것인지 알 수 없구나. 권력이라는 것이 뜨거운 난로와 같아 서 너무 가까이 가면 데어서 다치고, 너무 멀리 있으면 얼어서 죽는 법이다. 백두혈통 내 손자, 증손자들이 이렇게 두려움과 근심 가운데 떨고 있는데, 백두산이 노해서 불을 뿜는 것이 당 연한 일 아니냐!"

김정은은 하얗게 질리다 못해 부들부들 떨었다. 거대한 체구 가 이리저리 흔들리는 품이 보기에도 딱했다.

"알았어요, 할아버지. 그러면 정철이 형과 누나들, 그리고 여 정일 잘 돌보겠습니다."

"숨어 있는 한솔인 어떻게 할래?"

"……."

"그 애 그냥 모르는 체 놔둬라. 네가 명색이 삼촌 아니냐? 아비 없는 불쌍한 놈, 그전 같으면 숙부가 부모 노릇 해야 하는 거다. 공연히 애들 시켜서 잡아 오라고 재촉하지 마라. 약속할 수 있지?"

"네, 약속하겠습니다."

"그리고 네 숙부들도 맘 편하게 놔둬라. 내 아들 평일이 평생을 폴란드와 체코에서 떠돌았다. 연금軟禁시키는 짓 하지 말고 내버려 둬. 네 아비에게 걸림돌이 될까봐 고향 땅에서 살지도 못한 가엾은 사람들이야. 너 백두혈통을 해치지 않겠다는 약속을 꼭 지켜야 한다. 그렇지 않으면 너도 안전하지 않을 것이다."

"명심하겠습니다."

김정은이 머리를 조아렸다.

"그런데 할아버지, 미국놈들 항공모함이 지금 동해 바다 가까이에 와 있습니다. 저 시커먼 항공모함을 생각만 해도 꼭 물귀신들이 타고 있는 것 같습니다. 일본놈들이 2차 세계대전 당시에 미국 놈 항공모함 미드웨이를 바다의 유령이라고 불렀다는데, 그 말이 이해가 갑니다. 공중에 날아다니는 미국놈 비행기에서 단추만 누르면 5분 이내에 할아버지가 지어 놓으신 주석궁이 폭파될 수 있습니다. 우리 북조선의 희망인 할아버지와 아버지 동상도 파괴될 수 있습니다. 우리는 돈이 없어서 사드니 뭐니 하는 미사일 방어체계를 만들지 못했습니다. 저놈들이 미사일을 쏘면 꼼짝 없이 당할 수밖에 없습니다. 저 미국놈들이 어떻게 해야 조용히 물러가겠습니까? 솔방울로 수류탄을 만드신 할아버지께서 가르쳐 주세요."

손자가 할아버지에게 투정하는 투로 김정은이 김일성 수령을 졸랐다.

"내 손자 정은아, 네가 너무 멀리 갔구나."

할아버지는 딱한 표정으로 김정은을 바라보았다.

"멀리 가다니요? 무엇이 멀리 갔다는 말입니까?"

"네가 핵무기를 미사일에 장착해서 서울과 도쿄까지 보낼 때만 해도, 나는 너를 장하게 여겼다. 현대 전쟁은 군비 경쟁 아니냐? 재래식 무기를 가지고는 미국은 고사하고 남조선하고 싸워도 도저히 당할 수 없으니 재래식 무기 대신 돈 적게 드는 핵무기를 개발한 것은 잘한 일이었다. 서울과 도쿄 그리고 남한의 주요 도시를 공격할 수 있는 핵무기를 탑재한 미사일을 수십 개정도 만들어서 북조선 곳곳에 배치하는 선에서 그쳤으면 좋았을 뻔 했다. 그러면 남조선 아이들이나 미국이 우리 북조선을 무력으로 공격하지는 못할 것이다."

뜻밖에 할아버지의 칭찬을 듣자 김정은의 창백한 얼굴에 서서히 핏기가 돌기 시작했다.

"전에도 사실 미국놈들이 영변 핵 실험장을 공격하려고 덤빈적이 있다. 그 때 김영삼 대통령이 끝까지 말려서 결국 클린턴 대통령이 포기하지 않았느냐? 그 당시에는 핵무기가 장착된 미사일이 없었다. 휴전선에서 서울로 쏠 수 있는 장사정포만 가지고 있었는데도 남한 대통령이 겁을 집어 먹고 한사코 미국을 만류하지 않았느냐? 지금 핵무기가 달린 미사일 수십 개만 가지고 있으면 지구상에서 무력으로 북조선을 넘볼 나라는 없을 것이다. 나중에 사이가 틀어져서 중국과 러시아가 우리의 적이 되더라도 상황은 마찬가지다. 서울과 도쿄를 향하는 핵미사일을 베이징과 블라디보스토크로 돌려놓으면 그 놈들도 꼼짝 못한다. 네가 할 일은 여기까지였다. 여기까지는 방어용으로 충분하다."

김정은은 할아버지의 칭찬에 고개를 끄덕거리며 안도의 숨을 쉬었다.

"그런데 네가 쓸데없이 대륙간탄도미사일을 개발하고 수소탄 실험을 한 것이 문제가 된 거야. 자기 땅에 미사일을 쏠 까봐 미국놈들이 저렇게 길길이 뛰는 게 아니냐? 그러니 이 정도 선에서 그쳐라."

"할아버지, 그거야 판을 키워서 이 땅에서 미국을 몰아내고 남조선을 통일해서 우리 인민들을 잘 살게 하려고 한 것입니다."

"그런 소리 마라. 미국은 그렇게 만만하지 않다. 또 중국이 언제까지 너를 밀어줄지 어떻게 보장하느냐? 중국도 요즈음 돈 맛을 알아서 미국에게 물건을 팔아먹으려고 척을 지려고 하지 않는다. 중국이 요새는 미국을 제치고 유럽의 여러 나라들과 손을 잡는 것을 보고 있지 않느냐? 너도 알다시피 '일대일로'라는 거창한 구호를 외치며 연해주에서 리스본까지 도로를 연결하는 작업을 하고 있다. 정은아! 북조선의 전략적 가치를 너무 믿지 마라. 중국은 북조선을 빼놓고도 세계로 뻗어갈 준비가 되어 있다. 그 전처럼 우리와 동맹을 맺는 것으로 만족하지 않는단 말이다."

역시 러시아어와 중국어에 능하신 할아버지는 국제 정세도 빤히 꿰뚫고 있었다.

"지금은 항공모함이 가는 곳은 어디든지 곧 자기네 땅이나 다름없다. 초음속 비행기와 미사일이 날아다니는 시대에 적군이 있는 장소가 좀 멀고 가까운 것이 뭐 대단한 일이냐. 또 남조선 애들도 그렇게 만만하게 볼 수 없다. 네가 힘으로 혹 남조선을 굴복시킬 수 있을지는 몰라도 절대로 남조선을 통치할 수는 없을 것이다. 최순실이가 못된 짓 했다고 그 추운 겨울에 촛불을 들고 나와서 박근혜를 대통령 자리에서 쫓아낸 사람들이다. 결코 호락호락 하지 않을 것이다."

"내가 박근혜였다면 탱크로 밀어버렸을 겁니다."

"정은아, 정신 차려라! 네가 남조선을 점령하고 나면 얼마 가지 않아 북조선 인민군들도 촛불 군인이 되고 말 것이다. 그런 것은 빨리 배운단 말이다."

김정은은 입을 다물었다. 하기야 중국에서도 남한의 촛불 집회 장면을 텔레비전에 보여주지 않았다고 들었다. 사드 보복을 핑계 삼아 그걸 보고 배울까봐 단체 관광을 금했다는 설도 있었다.

"아무튼 네가 너무 멀리 갔다. 대륙간탄도미사일은 개발하지 말았어야 했다. 그리고 핵실험도 4차 정도에서 그치는 것이 좋았다. 그리고 적당히 남조선 아이들을 어르고 구슬려 돈이나 받아다가 산업을 발전시켰으면 인민들의 생활도 훨씬 좋아졌을 것이다. 네가 판을 너무 키워 놓았구나. 판돈이 커지면 뒷돈 많은 놈을 당할 수 없는 법이다."

"할아버지 말씀처럼 4차 핵실험에서 그치자고 누군가 말려주었으면 좋았을 것입니다. 그렇게 말한 사람이 제 주위에 아무도 없었습니다. 그러다 보니 여기까지 온 것 아닙니까?"

김정은이 풀죽은 소리를 했다.

"그런 소리 말아라. 남조선과 미국, 더 나아가서 중국의 신문에서도 그런 말을 많이 했다. 다만 네가 듣지 않았을 뿐이다. 그리고 네 주변에 있는 사람들이 감히 어찌 그런 말을 하겠느냐. 네가 계속 가기를 원하는데 그런 말을 할 사람이 어디 있느냐? 나라를 제대로 다스리려면 최고 지도자는 좀 어리숙하게 보여야 한다. 그리고 듣기 싫은 말도 들을 줄 알아야 한다. 네가 너무 무섭고 세게 나오니까 네 주변에 있는 사람들이 다 네 비위를 맞추지 않느냐. 그러니 누가 이 정도에서 중단하자고 말할 수 있겠느냐? 진정 속에 있는 말을 듣고자 한다면, 아무도 모르게 독대를 하고, 또 오고 간 내용을 그 누구에게도 발설해서는 안 된다.

김양건이 죽은 것도 아쉽기는 마찬가지다. 네가 김양건일 죽이라고 직접 명령은 안했다만 군부 강경파 아이들이 네 마음을 읽고 그를 죽인 것 아니냐? 네가 김양건일 소중히 여기고 독대해서 그 속의 말을 들었으면 일이 이 지경까지 되지는 않았을 것이다."

듣기가 민망한지 김정은이 한숨을 쉬더니 슬며시 말을 돌렸다.
"할아버지, 미국이 우리 북조선을 칠까요? 치지 않을까요?"
할아버지는 한참동안 김정은을 바라보다 입을 열었다.
"반드시 칠 것이다."
혹시나, 할아버지의 대답을 기대하면서 발그레 상기되던 김정은의 얼굴이 다시 흙빛으로 변했다.
"서울과 수도권 시민들 대다수가 대전 이남으로 내려갔다. 그들은 이미 북조선의 장사정포 피격 범위에서 벗어나 있다. 남조선에 있던 미국 국민들도 거의 다 빠져 나갔다. 더구나 백두산 폭발로 개마고원 일대의 미사일과 핵무기가 쓸모없게 된 것을 그들은 이미 잘 알고 있다. 미국으로서는 이렇게 좋은 기회가 어디 있겠느냐?

미국은 김영삼 대통령의 반대로 영변 핵 실험장을 때리지 못한 것을 지금도 후회한다고 하지 않더냐? 미국으로서는 가장 좋은 기회를 얻었으니 반드시 공격할 것이다."

"우리에게 핵이 있는데도 정말 공격할까요?"

"잘 들어라. 미국은 이번 화성 15호가 미국 본토를 때릴 수 있다는 데 의심을 가지고 있다. 북조선 인민들은 드디어 미국 본토까지 가는 ICBM이 성공했다고 축제까지 벌였다만 저들은 아직 완성단계가 아니라고 판단하고 있어. 그래서 시간이 지나 정말 완성되기 전에 치려고 하는 것이다. 지금 시기를 놓치면 골치가 아파질 테니까, 미국이 공격해 올 것이다."

"ICBM, 할아버지는 영어도 하시네요. 그러면 제가 어떻게 할까요?"

"핵무기와 대륙간탄도미사일 포기 선언을 해라. 그것만이 살길이다."

김정은은 아무 대꾸도 않고 가만히 듣고 있었다.

"그리고 너는 중국으로 떠나라. 네 동생 여정일 백두혈통 계승자로 세워놓고 실제 권력은 당에서 가지도록 조처해라. 시진핑 주석에게 연락해서 중국 군대더러 평양을 지켜달라고 하거라. 그렇게 되면 시진핑 주석과 트럼프 대통령 그리고 남조선 대통령과 새로 구성된 당대표가 협의하게 될 것이다.

네 마음이 섭섭할지 모르지만, 이것이 최선의 길이야. 핵과 대륙간탄도미사일만 포기하면 미국이 북조선을 삼키려고 하지는 않을 것이다. 이미 핵을 포기했는데, 전쟁을 일으키는 것은 명분도 없고 국제사회의 비난을 받게 될 것이야. 또 중국을 의식하는 남조선도 6·25때 이승만처럼 북진통일을 주장하지는 못할 것이다."

"제가 북조선을 떠나면 우리 백두혈통이 끊어지는 것 아닙니까? 여정이 그 어린 여자아이가 무엇을 할 수 있습니까? 백두혈통이 끊어지면 할아버지 때부터 시작된 그 혁명 과업이 다 수포로 돌아가게 됩니다. 일제 강점기부터 지금까지 나라를 위해 목숨 바친 혁명 전사들의 그 피 값은 어떻게 합니까? 또 남조선 해방 전쟁 때 김일성 장군 만세를 외치며 죽은 우리 인민군 전사들의 그 고귀한 희생은 어떻게 합니까? 진정 할아버지가 시작한 혁명의 뜨거운 함성이 여기서 끝나서야 되겠습니까?"

김정은이 비통하게 항변했다.

"정은아, 잘 들어라. 우리 북조선은 핵무기와 미사일이 아닌 다른 수로 남조선을 이길 방법을 찾아야 한다. 남조선도 겉은 화려하지만 속은 골병이 든 병자와 같다. 저들도 정신 차려야 할 것이다. 기미 독립선언은 말할 것도 없고, 일제 강점기의 공산주의 운동에서 시작해서 6·10만세 사건, 보천보 전투, 조선민주주의 인민공화국 건설, 토지개혁, 조선해방전쟁으로 이어지는 북조선의 역사가 새로운 길을 제시할 수 있을 것이다. 네가 방향을 잘못 잡아 미국놈에게 쫓겨나고 있지만 북조선의 역사는 새롭게 시작할 수 있을 것이다.

새로 시작된 4차 산업혁명이 인간들을 어디로 데리고 갈지 알 수가 없구나. 로봇에게 일자리를 빼앗긴 노동자들의 삶이 어떻게 될 것이냐? 우리 북조선의 역사와 경험이 새로운 시대에 답을 줄 수 있을 것이다. 마르크스는 자본주의가 자기모순으로 붕괴될 것이라고 했다. 자연히 공산주의 사회가 올 것이라고 말했지. 그러나 예측은 빗나가고 말았다. 한계생산 비용이 제로로 가는 4차 산업혁명 시대에는 오히려 우리의 경험이 새로운 빛이 될 수 있다.

이 믿음을 가지고 중국에 가서 자숙해라. 북조선의 영광이 다시 나타나기 위해 혁명의 선현들에게 기도해라. 내 손자 정은아! 지혜롭게 처신해서 빈 라덴이나 차우셰스쿠 꼴이 나지 않도록 하라."

빈 라덴이라는 말에 움찔하는 바람에 김정은의 다리가 소파 아래로 툭 떨어졌다. 순간, 잠이 깨면서 김일성 수령이 홀연히 떠나갔다.

15

돌아온 평화

"평양에서 연락이 왔는데,

김정은이 위원장이 중국으로 망명 요청을 했습니다."

"할아버지! 할아버지, 수령님!"

사라진 할아버지를 향해 김정은이 소리를 질렀다.

"위원장 동지, 위원장 동지, 무슨 일이십니까?"

비서가 달려 들어와 걱정스럽게 물었다. 김정은의 몸이 땀에
흠뻑 젖어 있었다. 김정은 위원장이 고개를 번쩍 들고 정신을
수습한 후에 침착하게 말했다.

"가서 김영남 동지를 오라고 하시오"

잠시 후에 90세가 넘은 김영남 인민위원회 위원장이 비교적
건강한 모습으로 나타났다.

"다른 사람들은 다 나가 있으시오."

비서관들을 다 내보낸 김정은은 김영남과 단 둘이 마주 앉았다.

"무슨 일이십니까?"

늙은 김영남이 젊은 김정은에게 깍듯이 예의를 갖추며 물었다.

"아무래도 내가 중국으로 가야 할 것 같아요. 핵과 대륙간탄도미사일 개발을 포기하는 편이 나을 것 같소. 김영남 동지께서는 어떻게 생각하시오?"

급작스러운 질문에 김영남은 당황했다. 김정은 위원장의 저의를 알 수 없어서 어떻게 대답해야 위기를 모면할까, 짧은 순간 생각이 복잡했다. 잠시 침묵하던 김영남이 드디어 입을 열었다.

"무슨 말씀인지 이해가 안 됩니다. 의기충천한 우리 인민군 병사들이 미국놈들을 몰아내고 핵 강국으로 우뚝 서서 한반도와 일본까지 지배할 날이 바로 눈앞에 왔는데, 미사일을 포기하고 중국으로 가신다니요!"

말은 또박또박하게 하고 있지만 힘이 없는 목소리였다.

"그런 소리 하지 마시고 솔직히 말씀해보시오. 지금 상황에서 우리가 미국을 상대해서 이길 것 같소? 백두산 폭발 때문에 무기가 다 흙탕물에 빠져 못 쓰게 된 이 판국에? 내가 핵과 미사일을 포기한다고 선언하고 중국으로 가야 북조선 인민들에게 살 길이 열리지 않겠소?"

들고 있던 김영남이 자리에서 일어나 바닥에 무릎을 꿇었다.

"살려 주십시오. 김정은 동지. 살려 주십시오. 이 늙은이야 죽은들 무슨 여한이 있겠습니까? 남의 나이까지 덤으로 살고 있는 늙은이올시다. 하지만 우리 자식들과 손자들을 살려 주십시오. 제발 부탁합니다. 김정은 동지."

김정은이 김영남을 일으키면서 말했다.

"일어나세요. 무슨 뜻인지 알겠소."

김정은은 다음 순서로 동생 김여정을 불렀다.

"여정아, 내가 핵과 미사일을 포기하고 중국으로 가려고 하는데 어떻게 생각하느냐?"

그 말을 들은 김여정의 눈이 화등잔 만하게 커졌다. 김여정은 김영남처럼 무릎을 꿇고 울면서 말했다.

"오라버니, 살려 주세요. 제발 목숨만 살려 주십시오."

"살려 달라니? 그게 무슨 말이냐?"

"위원장 동지, 왜 이런 질문을 하십니까? 무어라 대답을 해도 위원장 동지께서 나를 죽이려 하면 죽일 수 있는 것 아닙니까? 저는 아직 젊습니다. 더 살고 싶어요. 살려주세요!"

"여정아, 솔직히 말해 봐라. 너는 내가 무섭냐?"

김정은이 동생 여정이의 어깨를 붙잡고 그 얼굴을 똑바로 쳐다보면서 물었다. 여정의 눈에서 눈물이 뚝뚝 떨어지면서 고개를 끄덕였다.

"할아버지 수령님의 말이 하나도 틀린 것이 없구나. 아, 내가 너무 멀리 왔나보다."

잠시 후 베이징 시진핑 주석 집무실로 급한 전화가 한 통 날아갔다.

"주석님, 평양 김정은 위원장 전화입니다."

"시진핑이오."

"김정은입니다."

"무슨 일이시오?"

"제가 평양을 떠나겠습니다. 중국에 머물 수 있는 장소를 제공해 주시겠습니까?"

시진핑 주석은 잠시 생각에 잠겼다. 자기 발로 들어오겠다는데 굳이 막을 이유는 없었다. 김정은이 북한을 떠나면 전쟁의 명분도 사라진다. 김정은의 전쟁 포기선언이나 마찬가지였다.

"당연히 제공해 드리지요. 중국 땅이 얼마나 넓은 데 김 위원장 머무실 곳 하나 마련 못하겠습니까?"

그전에 트럼프 대통령이 양치기 김정은을 운운하던 기억이 갑자기 떠올랐다.

"그러나 조건이 있습니다."

김정은 위원장이 차분한 음성으로 말했다.

"무슨 조건이오?"

"우선 들어 보시고 그 조건에 합의를 해주셔야 다음 일을 추진하겠습니다."

"말씀해 보시지요."

시진핑 주석은 그렇게 말을 하면서도, 망명 요청하는 주제에 체면은 살리고 싶어 하는 그 속내가 한심하게 여겨졌다.

"그럼 몇 가지 사항을 말씀드리겠습니다.

- 백두혈통 김여정 동지를 조선 인민민주주의 국무위원장으로 한다.

- 대륙간탄도미사일과 핵무기를 폐기한다.

- 공화국의 방어를 위한 핵무기 일부를 북조선 땅에 남겨둔다.

- 이 무기는 차후로 중국과 공동으로 관리한다.

- 남조선을 비롯한 주변국은 백두산 폭발의 피해 복구와 북조선 경제 개발에 협력한다.

이상입니다."

시진핑 주석은 김정은이 제시한 조건들을 하나씩 음미해 보았다. 차차 논의해 보아야 하겠지만 수락이 불가능할 정도로 어려운 조건은 아니었다.

"흠, 회의를 해야 하겠지만 가능할 것 같습니다. 우리도 구체적인 방안을 의논해서 곧 연락하도록 하겠습니다."

시진핑 주석이 진지하게 답변했다.

"그 조건들이 만족되면 저는 평양을 떠나 시진핑 주석께서 제공해 주는 곳으로 가겠습니다. 그곳에서 조국의 발전과 북조선 인민들의 행복을 빌면서 조용히 살겠습니다."

김정은이 허스키한 목소리로 대답했다. 풀죽은 김정은을 생각하니 연민이 생겨났다.

잠시 후, 워싱턴 백악관 트럼프 대통령 집무실로 전화벨이 울려 퍼졌다.

"대통령님, 시진핑 주석께서 전화하셨습니다."

"시 주석이 갑자기 무슨 일이시오?"

느물거리는 트럼프 대통령이 농담조로 전화를 받았다.

"평양에서 연락이 왔는데, 김정은 위원장이 중국으로 망명 요청을 했습니다. 망명을 받는 것은 문제가 아닌데, 여러 조건을 걸었습니다. 그 조건들을 살펴보시고 답변해 주셨으면 합니다."

"대륙간탄도미사일과 더 이상의 핵실험을 포기한다면 받아들이겠습니다. 반대할 이유가 없지 않습니까? 스스로 책임을 지고 물러나겠다는데 따라다니면서 뒤통수를 칠 일이야 없지요. 좋습니다. 오랜만에 북한 문제가 깨끗하게 해결되는군요.

시진핑 주석, 우리 한 번 만나서 동아시아의 평화와 미국과 중국, 양국의 발전을 위해 의논합시다.

왠지 시 주석하고는 말이 통할 것 같습니다. 허허허. 큰 나라가 세계 평화를 위해서 애를 쓰면 그에 대한 대가도 있어야 하지 않겠습니까?"

두 정상들은 화통하게 웃으며 전화기를 내려놓았다. 정말 이런 골치 아픈 문제가 갑자기 뜻밖의 방법으로 해결되리라고는 그 누구도 상상조차 하지 못했던 일이다.

평양 김일성 광장에는 아침부터 수많은 평양 시민들이 모여들었다. 모이라는 연락을 받기는 했지만 전쟁의 기운이 감도는 때라서 발걸음이 가볍지는 않았다. 김정은 위원장이 단 위에 선 것을 보니 무슨 특단의 조치가 내려질 것 같다는 긴장감이 팽팽하게 광장의 공기를 조이고 있었다.

"친애하는 평양시민 여러분. 그리고 북조선 인민 여러분!"

김정은 위원장의 목소리가 확성기를 통해 우렁차게 울려 퍼졌다. 특유의 쉰 소리 같은 낮은 톤의 비장한 음성이었다.

"존경하는 나의 할아버지 김일성 수령님께서 내 꿈에 나타나시었습니다. 여러 가지 말씀을 하셨지만 결과적으로 할아버지께서 백두산이 폭발하도록 내버려 두었다고 말씀하셨습니다. 할아버지 수령님의 뜻에 따라 공화국의 모든 직책을 백두혈통 김여정 동지에게 맡기고 나는 일단 중국으로 떠나겠습니다. 현 시점에서는 그 방법만이 우리 인민들이 전쟁을 겪지 않고 살 수 있는 길입니다. 인민들의 안위를 위하여 그 제안을 겸허히 받아들이겠습니다. 내 한 몸 희생해서 모든 인민이 무사하다면 그 길을 택하겠습니다.

어디에 가든지 우리 공화국의 번영과 발전을 우리와 영원히 함께하시는 김일성 수령 할아버님께 빌겠습니다. 언젠가 만날 그 날까지 건강하게 안녕하십시오."

말을 마치자 김일성 광장에 평양시민들의 통곡 소리가 사무쳤다.

"김정은 위원장 동지!"
"김정은 위원장 동지!"
"만수무강 하십시오!"
"백두혈통의 위대한 북조선을 우리가 꼭 지켜내겠습니다."

울면서 전송하는 백성들을 보자 김정은도 마음이 울컥했다. 하지만 지금은 이 길만이 피해를 최소화 하는 방법이다. 그는 마음을 굳게 다잡고 차에 올랐다. 식구들과 당 간부들은 뒤차에 나누어 타고 대기하고 있었다. 맨 앞의 선도 차량이 움직이기 시작했다. 평양 시민들은 손을 흔들었다. 김정은도 차창을 열고 손을 흔들었다. 그들이 시야에서 멀어지자 김정은은 비로소 창문을 닫고 똑바로 앉았다. 혼자 있고 싶었다. 지금 이 순간은 그 누구와 함께 있어도 위로가 될 것 같지 않았다. 결국 모든 중요한 순간에는 홀로 대면해야 하는 것이 인생이 아니던가!

그런데 옆 좌석에 인기척이 느껴졌다. 무슨 일일까? 분명히 혼자 탔는데, 옆자리에 누군가 있었다. 그는 흠칫 놀라서 비명을 지를 뻔 했다. 너무나 놀라서 옆을 돌아보지도 못한 채, "누구요?" 짧게 물었다. 호흡이 가빠졌다. 끔찍하게 듣기 싫은 참수 작전을 운운하더니, 중국으로 망명하는 이 마당에 그놈들이 귀신처럼 따라오는 것일까? 앞의 운전기사는 못 들었는지, 돌아보지도 않고 운전에만 열중하고 있었다.

"정은아, 나다. 놀라지 마라. 같이 가자."
귀에 익은 음성이었다.
"할아버지!"
김정은은 목이 메어 말을 잇지 못했다. 옆 자리에 김일성 수령 할아버지가 타고 있었다. 운전하는 수행원은 김일성 수령이 뒤에 타고 있는 것을 모르는 듯 말없이 차를 몰았다.

"네가 진작 지혜롭게 했으면 망명을 가지 않아도 되었을 것을…."

"……."

"과한 욕심을 부리다가 미국놈들을 원산 앞바다까지 끌어오고 말았구나. 너무 늦은 것이 참 아쉽다. 그래도 네가 공화국을 떠나기로 결심을 해줘서 고맙다. 공화국에 전쟁이 일어나지 않고 백두혈통이 계속 될 수 있으니 다행이구나. 잘 했다. 내 손자, 정은아!"

꼭 잡았던 김정은의 손을 스르르 놓고 김일성 수령이 홀연히 사라졌다.

"할아버지 수령님! 할아버지 수령님! 할아버지!"

김정은은 큰 소리를 질렀지만 할아버지의 모습은 다시 보이지 않았다.

"여보, 위원장 동지, 이제 정신이 돌아오셨습니까?"

부인 이설주가 눈물을 흘리며 반가운 표정으로 침대에 누운 김정은을 바라보고 있었다. 침대 곁에는 부인 이설주와 동생 김여정 그리고 의사들과 몇몇 고위관리들이 걱정스러운 표정으로 서 있었다.

"이것이 무슨 일이오?"

"위원장 동지께서 너무 과로하시고 스트레스를 많이 받으셔서 그런지 쓰러지신 지 1주일이 지났습니다. 모두들 걱정하고 있습니다. 이렇게 눈을 뜨고 의식을 찾으시니 얼마나 다행인지 모르겠습니다."

옆에 서있던 김영남이 말했다.

"백두산은 어떻게 되었소?"

"백두산이라니요?"

"백두산이 폭발하지 않았소?"

"특별한 징후가 없습니다."

김정은의 갑작스러운 질문에 주변 사람들은 의구심과 황당함을 금할 수 없었다.

노회한 김영남이 눈치를 챘다.

'김정은 동지께서 혼수 상태에 계실 때 백두산이 폭발하는 것을 보았구나' 하는 생각이 들었다.

이런 생각을 하면서 김영남이 말했다.

"위원장 동지 백두산은 폭발하지 않았습네다. 그러나 우리 공화국에 대한 제재가 계속되면서 인민들의 살림이 폭발할 지경이 되고 있습니다."

"알았소, 그거야 알고 있는 이야기 아니요. 무슨 대책을 마련해 봅시다."

김정은은 백두산이 폭발하지 않았다는 말에 안도하는 기색을 띠면서 가볍게 대답했다.

'위원장 동지 전 세계의 경제제재로 인하여 우리 공화국의 경제가 곧 거덜 나게 생겼습니다. 경제가 거덜 나서 인민들의 가슴이 폭발하면 백두산 폭발보다 더 무섭습네다.'

김영남은 속으로 깊은 한숨을 쉬면서 혼잣말로 중얼거렸다.

"미국 함대는 지금 어디 있소?"

"미국 비행기가 북조선 상공을 몇 번 왔다 가기는 했지만 아직 특별한 일은 없습니다. 그래도 미국놈들이 코피 작전이니 뭐니 하면서 우리 공화국을 위협하고 있어서 여간 마음이 쓰이는 것이 아닙니다. 위원장 동지께서 누워 계시는 동안 긴 꿈을 꾸신 모양입니다."

"꿈이라! 그러면 아직 늦지는 않았단 말인가?"

김정은이 한숨을 길게 내쉬었다.

조선 중앙 TV의 중대 보도가 예고되었다.

전 세계 사람들에게 얼굴이 알려진 리춘희 아나운서가 격앙된 목소리로 빅뉴스를 발표했다.

"역사의 별이 되시고 문명의 빛이 되시어 우리 인민과 공화국을 떠나지 아니하시고 늘 함께하시는 김일성 어버이 수령님께서 백두혈통의 적자요, 공화국의 위대한 지도자 김정은 위원장 동지께 지난 1주일 동안 나타나시었다.

그리고 말씀하시기를, 내가 북조선과 인민을 지킬 터이니 너희는 두려워하지 말라고 하셨다. 김정은 위원장 동지는 위대하신 어버이 수령님의 가르치심에 따라 다음과 같이 선포한다.

미국과 그를 따르는 주변국들이 공화국에 대한 압박과 경제제재 행위를 중단하고 공화국의 발전을 위한 획기적인 방안을 제시한다면 대륙간탄도미사일을 폐기하고 더 이상의 핵무기 개발을 하지 않겠다.

이미 개발된 핵무기는 폐기하되 나중에라도 혹시 나타날지 모르는 외부의 침입으로부터 공화국을 지키는 데 필요한 최소한의 수량만 남겨 두도록 하겠다.

남아 있는 핵무기의 관리와 운용은 우리 공화국의 혈맹인 중국의 시진핑 동지와 함께 의논하여 시행하도록 하겠다.”

이 중대 발표가 나오자 전 세계가 환영했다.

CNN, BBC, NHK를 비롯해서 전 세계의 방송국이 평양발 뉴스에 주목했다. 김정은이 자발적으로 대륙간탄도미사일을 폐기하고 비핵화 선언을 한 만큼, 그 파급효과는 어마어마하게 컸다. 중단되었던 6자 회담이 다시 열리고 남·북간 회담과 북·

미간 회담도 긴급하게 진행되었다. 현재 남아 있는 핵무기와 미사일을 어떻게 관리할 것인가의 문제를 놓고 주변국들 간에 밀고 당기는 쟁론이 시작되었다.

또한 남과 북, 북한과 미국 간 불화를 종식시킬 방법을 두고 여러 가지 논의가 진행되었다. 그리고 부탁받은 대로 북한의 경제 개발과 발전을 위한 다양한 방법들이 논의되었다. 밀고 밀리는 논쟁도 있었고 얼굴을 붉히는 일도 있었지만 사람들의 발걸음은 가벼웠고 얼굴은 홍조가 돌았다.

오랜만에 한 반도에 평화가 찾아왔다. 11시 57분 30초까지 갔던 지구 종말 시계의 시간도 2분 30초가 늦춰진 11시 55분으로 역행했다.

여러 가지 회의와 정책을 세우느라 숨넘어가게 더웠던 여름이 지나고 서늘한 바람이 부는 가을이 되자 노르웨이 노벨 평화상 위원회는 기쁜 마음으로 노벨평화상 수상자를 발표했다. 노벨평화상의 역사에서 가장 많은 사람들이 공동 수상자가 되었다. 그리고 그들은 전 세계에서 가장 유명한 사람들이기도 했다. 대한민국의 대통령, 조선민주주의 인민공화국의 김정은 위원장, 미합중국의 트럼프 대통령, 중화인민공화국의 시진핑 주석이 바로 그들이었다. 특별히 미국의 트럼프 대통령과 김정은 위원장의 활짝 웃는 사진이 전 세계로 숨 가쁘게 타전되었다.

핵전쟁의 위기가 고조되었던 한반도 땅에 평화의 아리랑이 오래오래 울려 퍼졌다.

저자의 말

헛된 판타지는 역사에 의해 사라지지만 위대한 판타지는
역사를 바르게 이끌어 간다.

　지난 2017년 끈덕진 더위가 슬며시 사그라질 즈음, 미국에
사는 육촌에게서 전화가 왔습니다. 사촌도 아닌 육촌, 일찍 아
버지를 여읜 그의 형제들은 어릴 때 옆집에 살았는데 저를 사
촌으로 알고 있었습니다. 우리 가족은 그들을 육촌으로 제대
로 알고 있었지만 왠지 그대로 내버려 두었습니다. 후에 그는
우리가 사촌이 아니라 육촌이라는 사실을 알고 무척 낙담했
다고 합니다. 친척이 없던 그들은 우리 가족을 무척이나 사랑
했고 의지했었지요.

　일찍이 미국으로 이민을 가서 고생 끝에 자리를 잡은 육촌
들은 북핵 위기가 고조된다는 뉴스를 접하고 우리에게 미국으

로 오라고 전화를 했습니다. 무조건 몸만 오라고, 몇 달만 지나면 전쟁도 끝날 테니까 일단 와보라고 간곡하게 말했습니다. 집이 넓으니 먹고 자는 것은 책임지겠다며 온 가족을 데리고 오라는 것입니다. 이 나이에 죽으면 죽으리라는 생각으로 정중하게 거절을 하면서도 마침 외국에서 공부하고 있는 아들에게 매달 부치던 생활비를 한꺼번에 몰아서 부쳤습니다. 그리고 대전에서 학교에 다니는 아들에게는 만일의 경우에 대비해서 비상용으로 가지고 있던 금반지 몇 개를 보냈습니다.

그리고 생각했습니다. 우리는 죽어도 젊은 너희들은 살아남아서 나라를 다시 일으켜야 하지 않니? 이 모든 것이 파괴된 폐허를 다시 복구하려면 무척 고생을 하겠구나. 차라리 죽는 것이 나을 것 같다. 그런 저런 생각으로 마음이 무거웠습니다.

그동안 아무리 전쟁의 위기라고 떠들어대도 꿈쩍도 하지 않던 제가 작년의 전쟁 위기설에는 그나마 반응을 한 셈입니다. 전쟁 위기에도 반응이 없는 한국 국민들이 신기해 보인다는 외신 기사를 본 적도 있습니다. 그러나 반응을 한다고 뾰족한 대책이 생기는 것도 아닌 마당에, 무반응 자체도 다 살기 위한 방어기제라는 것을 그들은 진정 몰랐던 것일까요?

해방 이후 분단된 나라에서 살아온 한국인들에게 유전병이나 풍토병처럼 앓고 있는 병이 전쟁의 공포입니다. 나이 든 세대는 6·25전쟁의 상처로, 젊은 세대는 북한의 핵무기 위협으로 전쟁의 공포에 시달리고 있습니다. 살짝 치매 증상이 있는 이웃집 노인은 전쟁의 위기가 닥친다는 뉴스만 보면 이튿날 물과 라면을 사다 쟁이는 바람에 집안이 온통 물과 라면으로 가득 차 있다고 자녀들이 불편을 호소하고 있습니다. 이렇게 전쟁의 공포가 깊어짐에 따라 평화의 열망도 더욱 커지고 있습니다. 그러나 평화를 얻는 길은 요원하게만 느껴지고 북한의 핵실험과 ICBM 개발은 미국이 용인할 수 있는 선을 넘었습니다. 미국과 북한이 치킨게임처럼 서로 맞부딪치고 있습니다. 이러한 시대를 맞이하여 평화를 바라는 꿈과 소망은 더욱 간절해지고 더욱 깊어집니다.

지난해 말 북미관계가 가장 깊은 어둠 속에 있을 때 평화의 환상을 보았습니다. 그리고 그것을 글로 옮겼습니다. 목사 노치준이 글의 뼈대를 세웠고 작가 민혜숙이 그 뼈대에 살을 붙여 소설로 만들었습니다. 이 글을 쓰고 나서 알 수 없는 울음이 서럽게 전신을 흔들었습니다. 애써 무시하고 외면해 온 전쟁의 공포가 마음속 깊숙이 자리 잡고 있었나 봅니다. 이 소설은 2017년 네이버 웹 소설 코너에 미지민이라는 필명으로 연재된 후 완결된 작품으로서 김정은 위원장과 트럼프 대통령의 노벨상 수상 소식으로 끝을 맺는 리얼 판타지입니다.

헛된 판타지는 역사에 의해 사라져도 위대한 판타지는 역사를 바르게 이끌어 갑니다.

  소설 연재를 끝내고 출판을 모색하던 중, 한반도의 운명이 2018년 평창 동계올림픽을 계기로 세계사적 변화의 한복판에 놓이게 되는 과정을 목격하게 되었습니다. 장마철 한순간 나온 햇볕처럼 핵전쟁의 위험 속에서 남북정상회담과 북미정상회담의 소식이 들려왔습니다. 회담이 잘 이루어지면 소설의 결론처럼 이 땅에 평화 아리랑이 울려 퍼질 것이요, 김정은 위원장과 트럼프 대통령 그리고 우리 대통령까지 노벨 평화상을 받을 수 있으리라는 기대는 비단 저희들만의 바람은 아니리라 생각합니다. 하지만 참으로 귀하게 주어진 이 회담이 실패로 돌아가면 한반도의 운명 아니 인류의 운명이 어떻게 될지 전혀 예측할 수 없습니다.

  이 땅에 평화가 오기를 간절히 소원하면서 그리고 평화를 이루기 위해 힘쓰는 사람들을 위로하고 격려하기 위해서 이 소설을 세상에 내보냅니다. 이 소설이 평화를 위해 수고하는 모든 이들에게 위로와 힘을 주기를 바랍니다. 또한 온 국민들에게 평화와 통일의 꿈, 원대한 상상력을 제공하기를 기대합니다.

2018년 4월
민혜숙, 노치준

코리아 판타지

초판 1쇄 펴낸날 2018년 4월 27일

지은이   민혜숙·노치준
펴낸이   구난영
책임편집 김선우
디자인   페이지제로

펴낸곳   파이돈
출판등록 제406-2018-000042호
주소   10882 경기도 파주시 산남로 183-25,
          피엔엠 A동 303호 (산남동)
전화   070-4797-9111
팩스   0504-198-7308
전자우편 phaidonbook@gmail.com

ISBN 979-11-963748-0-8 03810

• 파이돈은 도슨트의 인문교양 임프린트입니다
• 무단 전재와 복제를 금합니다.
• 책값은 뒤표지에 있습니다.